RENÉ TRUNGY.

LE VAL DE COMMES.

R. T.

Paris.

LEAUTEY, Imprimeur-Libraire, 23, rue St-Guillaume,

Et chez les principaux Libraires.

1854.

A mon Frère.

MON FRÈRE,

Je te dédie ce roman.

Eh quoi, vas-tu dire, un roman! As-tu donc délaissé les études juridiques? Gaius, Papinien, Cujas, Domat, Pothier, Merlin, et nos modernes jurisconsultes ne t'appellent-ils plus à des veilles assidues?

Calme toute inquiétude, cher frère, cette œuvre légère, entreprise dans un instant de loisirs, comme dé-

lassement de travaux plus sérieux, m'a été inspirée par un sentiment, qui, je l'espère, appellera sur cette ébauche ton indulgence et celle du lecteur.

L'amour de notre Normandie m'a suggéré la pensée de cet opuscule; le désir d'appeler la curiosité des promeneurs vers un pays trop peu connu, et que la merveilleuse vitesse des voies de fer va mettre à quelques heures de Paris, m'a fait souhaiter de prendre pour théâtre d'une action romanesque une des plus riantes vallées de l'ancien Bessin-Normand.

Sans doute, cette œuvre imparfaite n'aura pas, pour l'arrondissement de Bayeux, l'utilité d'un nouveau chemin vicinal, et un critique, quelque peu littéraire, blâmera une composition dans laquelle le cadre occupe autant de place que l'action. Critiquez! critiquez! lecteurs; mais qu'il vous en reste quelque chose.... le désir de visiter Bayeux et sa fameuse tapisserie, Port-en-Bessin et les fosses du Soucy; et puissiez-vous éprouver, en parcourant ce pays, autant de contentement que j'ai ressenti de bonheur à parler de la vallée de Commes.

Et toi, cher frère, vois dans cette dédicace le témoignage nouveau d'une affection inaltérable et bien vive.

René TRUNGY.

Paris, 10 novembre 1854.

LE VAL DE COMMES.

CHAPITRE PREMIER.

PORT-EN-BESSIN.

Par une de ces belles et fraîches nuits que le mois de septembre répand sur les rivages de la mer de la Manche, un jeune homme, au costume de touriste, gravissait la rude pente d'un sentier frayé, sur le bord de la falaise, par les douaniers de garde sur la côte.

Ce jeune voyageur avait la tournure alerte; ses formes vigoureuses se dessinaient sous sa blouse serrée à la taille par une ceinture de cuir; de hautes guêtres de toile grise, aux boutons de nacre, garnissaient ses jambes nerveuses ; sa main droite était armée d'un pied de frêne, dont la dragonne en cuir tressé s'enroulait autour de son poignet. De sa main gauche, restée libre, ce beau et vigoureux garçon, auquel on pouvait donner de vingt-cinq à vingt-six ans, redressait de temps à autre son sac de voyage et le reportait plus avant sur ses épaules, par un mouvement de corps favori aux fantassins et qui devient un *tic* chez le vieux troupier rentré dans la vie civile, alors même qu'il n'est plus *procinctus*, étranglé dans le harnais militaire.

Le jeune voyageur s'arrêtait par intervalles, autant pour reposer ses muscles, lassés d'une si rude ascension, que pour s'efforcer de s'orienter. A sa droite, la mer battait au pied de la falaise, à pic en cet endroit ; à sa gauche, la campagne s'étendait sans que l'œil parvint à découvrir de lieu habité. A l'horizon, et dans des directions différentes, trois phares éclairaient la mer et semblaient trois jalons dessinant les côtes de France : au nord-est, les feux de la Hève indiquaient la pointe du département de la Seine-Inférieure ; à l'est, le phare de

Ver éclairait les grèves d'Asnelles et annonçait le voisinage des rochers du Calvados ; à l'ouest, le feu de Gatteville marquait la pointe du département de la Manche.

Déterminant sa position à l'aide de ces trois phares, étoiles lumineuses destinées à guider les marins sur cette redoutable mer de la Manche, notre voyageur reconnaissait qu'il devait avoir dépassé la pointe occidentale des rochers du Calvados; mais il n'arrivait pas aussitôt qu'il l'avait espéré au village de Port-en-Bessin , petit port de pêche où il devait passer la nuit.

Depuis un mois, M. Georges de Ménars , attaché au ministère des affaires étrangères, parcourait les côtes de France. Parti de Dunkerque, il était descendu jusqu'au Havre, avait traversé l'embouchure de la Seine, du Havre à Honfleur, et là le jeune touriste avait repris le cours de ses excursions ; son intention était de terminer sa campagne à Cherbourg. Vingt-cinq lieues de terre ferme séparaient encore M. de Ménars du terme de son voyage, parcours plein de belles choses, grandes et curieuses; mais après une journée bien remplie et à une heure déjà avancée de la nuit, il n'aspirait qu'à terminer le chapitre de son livre de voyage commencé le matin; Port-en-Bessin, son point final, paraissait bien tarder à se laisser atteindre.

M. de Ménars était parvenu au sommet de la côte qu'il gravissait depuis un instant, lorsqu'il aperçut à sa gauche une masse informe, paraissant ramper à terre et sortir d'une petite hutte pratiquée dans l'épaisseur d'un de ces fossés, que les cultivateurs voisins de la mer élèvent pour garantir leurs moissons des coups de vent du nord, terrible destructeur de leurs récoltes. La masse, que le voyageur apercevait confusément, parut se redresser, prendre forme humaine et s'avancer au-devant de lui. M. de Ménars reconnut un douanier, enveloppé dans son manteau d'hiver.

— Auriez-vous l'obligeance de me dire si je suis encore loin de Port-en-Bessin?

— Vous avez à peine pour vingt minutes de chemin, répondit le douanier; je descends à Port, et, si vous voulez, nous ferons route ensemble.

Georges de Ménars alluma un nouveau cigare et en offrit un au douanier. Sensible à cette politesse et flatté de fumer gratis, l'honnête garde côte reprit, d'un ton qu'il s'efforçait de rendre dégagé : Je ne demande pas à Monsieur son passeport... il est aisé de voir que Monsieur voyage pour son agrément.

— Comme vous le dites, je vais à Cherbourg, suivant la mer dans les contours qu'elle trace sur ces côtes, et je dois avouer, à l'honneur de votre pays, que je n'ai encore rien rencontré de comparable à votre Bessin-Normand pour la fraîcheur et la richesse ; je ne me borne pas à suivre les falaises, j'entre dans les terres lorsqu'un point de vue me sollicite, lorsqu'une cité curieuse m'appelle. J'ai l'intention d'aller visiter Bayeux ; les communications sont-elles faciles entre Port-en-Bessin et cette ville ?

— Vous aurez des omnibus d'heure en heure.

— C'est parfait. — Et comme il est dans mes principes de mettre les agents de l'autorité en règle avec leur conscience, voici mon passeport ; en même temps

M. de Ménars improvisait une lampe avec une allumette chimique dont la flamme, protégée par sa main, permit au douanier de se convaincre, par un rapide coup-d'œil jeté sur ce brevet de libre circulation, de l'exactitude des renseignements qui lui étaient donnés.

Cependant on commençait à distinguer le village de Port-en-Bessin, dont les maisons éclairées scintillaient au fond du vallon formé en cet endroit par une dépression de la côte.

— On m'a indiqué l'*Étoile du Nord*, cette auberge est-elle loin dans le village?

— L'*Étoile du Nord* n'est pas une auberge, repartit le douanier avec un accent de nationalité blessée, c'est un bel hôtel, les chambres sont tapissées de papier; l'hôtel est un peu au-dessous de la poudrière, le chemin que nous suivons passe au pied.

— Port-en-Bessin est-donc un lieu très-fréquenté?

— Des familles de Caen et de Bayeux y passent la saison des bains; il y vient même du monde de Paris.

Quand le port sera terminé et que nous aurons le chemin de fer, Port-en-Bessin sera...

— Une capitale! exclama M. de Ménars.

— Vous croyez plaisanter, Monsieur, Port serait une capitale, voyez-vous, plus capitale que Cherbourg, si on avait donné suite au projet que M. Vauban avait proposé au Roi de France, dans le temps jadis.

— Et quel était le projet du grand homme de guerre?

— Lorsque vous m'avez rencontré, vous veniez de traverser une gorge assez semblable à celle au fond de laquelle se trouve bâti le village de Port : on la nomme la goulette de Warry. Ces deux coupures de la falaise, la goulette de Port et celle de Warry, sont réunies par le plateau que nous suivons depuis un quart-d'heure; ce plateau ferme la petite vallée, ou val de Commes, qui s'étend à notre gauche. Eh bien, M. Vauban voulait creuser des bassins dans la vallée et y faire pénétrer la mer par les deux goulettes de Warry et de Port-en-Bessin. La France eut eu là un port à l'abri de la tempête et du canon. Où trouver une digue naturelle comme ce plateau?

— C'était un projet gigantesque.

— Oui, aussi est-il encore à réaliser; le dernier gouvernement avait entrepris de créer en avant, dans la mer, un port de refuge, au moyen de deux jetées qui s'avanceraient comme deux grands bras et se croiseraient presque, ne laissant qu'une passe étroite. Ce projet, exécuté avec une grande hardiesse par l'ingénieur d'alors, touchait à sa fin lorsque la révolution de Février est venue tout interrompre. Depuis cette époque, notre malheureux village a bien souffert. Dans les gros temps d'hiver, la mer s'irrite de l'obstacle que les jetées lui opposent; elle se rue par la passe inachevée, et vient battre les maisons de Port avec une furie dont vous ne vous faites pas d'idée! Sans le secours que l'utile patron de ce pays nous a fait obtenir, le village serait, à l'heure qu'il est, plus d'à moitié démoli. On parle d'achever les travaux et de construire en avant des jetées un brise lame; mais ce n'est pas nous qui verrons cela! Voici la poudrière, et, un peu au-dessous, vous apercevez l'hôtel de l'*Étoile du Nord;* je descends à notre corps-de-garde, bonne nuit Monsieur.

— Bonsoir, mon brave, et merci de vos renseignements. Un mot encore : avez-vous entendu dire qu'à la bibliothèque de Bayeux on eût des documents sur les projets de Vauban, dont vous me parliez tout à l'heure?

— Je ne sais, Monsieur, mais vous trouverez là un homme savant! savant comme un puits; c'est lui qui conserve les livres. On dit dans le pays qu'il parlerait latin pendant vingt-quatre heures ; il vous répondra sur tout ce que vous lui demanderez.

CHAPITRE II.

L'HOTEL DE L'ÉTOILE DU NORD.

L'honnête douanier n'avait pas exagéré, l'hôtel de l'*Étoile du Nord* n'était pas une auberge.

M. de Ménars se fit servir un souper confortable, qu'il arrosa d'une bouteille de Bordeaux, revenu des Antilles. Ses forces réparées, le voyageur fut conduit dans une chambre *fraîchement décorée*, éclairée par deux fenêtres, donnant l'une sur la mer, l'autre sur la riche vallée de Commes. Heureux de trouver un tranquille repos après une rude journée, Georges de Ménars, voulant prolonger ce sentiment de doux bien-être qui succédait en lui à une vive lassitude, roula son canapé près de la fenêtre donnant sur la pleine mer, se fit des coussins avec le traversin et l'oreiller de son lit, et, nonchalamment étendu sur ce sopha improvisé, il goûta lentement un odorant cigare, en résumant ses impressions de la journée.

Un bruit de voix, qui s'élevait de la plage, arracha M. de Ménars à ses souvenirs et attira ses regards vers le rivage.

Des femmes et de jeunes mousses, armés de fallots, s'agitaient au pied du flot, poussant des cris vers la haute mer, en élevant leurs lanternes comme s'ils eussent voulu se faire reconnaître. A ces cris, des voix mâles répondaient, paraissant sortir des vagues.

M. de Ménars, lorsque ses yeux se furent habitués à l'obscurité, distingua, à une quarantaine de brasses du rivage, une flottille de quinze à vingt bâteaux de pêche, les voiles carguées et sur leurs ancres; des barques montées par un seul homme, conduisant à la godille, se détachaient des bateaux et s'avançaient rapidement vers le rivage; le matelot manœuvrait pour aborder au point que lui désignaient les cris et le fallot indicateurs. Des corbeilles, remplies de poisson, furent tirées des barques, et, à peine la pêche eut-elle été étalée sur le rivage, que des poissonniers venus de la ville, et qui attendaient dans les cabarets l'arrivée de la marée, firent invasion sur la plage.

Ce fut alors un spectacle plein d'animation et des plus originaux, que de voir ce mouvement de matelots, de femmes, d'enfants éclairés par la lueur rougeâtre des lanternes à vitre de corne ; tout cela, dominé par les cris et les jurons des poissonniers, se disputant chaleureusement aux enchères des lots de poisson, formait un tableau plein de contraste avec le calme de la mer et la silencieuse attitude de la flottille se balançant gracieusement sur ses ancres.

Georges de Ménars n'était pas le seul à considérer ce tableau : une fenêtre s'ouvrit à côté de la sienne. Un mouvement de curiosité, qu'il ne put réprimer, lui fit avancer la tête assez pour apercevoir une ombre blanche penchée sur le balcon voisin ; mais, effarouchée par le mouvement indiscret de Georges, cette blanche silhouette, que l'imagination du jeune voyageur lui disait être celle d'une svelte et jolie femme, disparut rapidement, et la fenêtre se referma.

Maudissant cette trop brusque curiosité, qui le privait des douceurs d'une mystérieuse observation, M. de Ménars, mécontent de lui-même, ne tarda pas à trouver insipide le spectacle qui, tout à l'heure, le charmait ; et, se jetant de dépit sur son lit, il tomba bientôt, malgré sa mauvaise humeur, dans un profond sommeil.

CHAPITRE III.

LE DÉJEUNER.

M. de Ménars fut tiré de son sommeil par les tintements d'une cloche de service. Il était dix heures et la cloche annonçait le déjeûner de la table d'hôte. Le jeune touriste s'habilla à la hâte, sans cependant omettre les détails de coiffure et d'accommodement qui pouvaient le bien faire juger. Son accoutrement de voyage fut remplacé par un pantalon et un gilet d'étoffe pareille, tissu anglais de demi saison, fond blanc, à dessins gris; des bottines vernies, serrées à la cheville par des guêtres de drap, dessinaient son pied aristocratique; sur sa cravate de satin noir, au nœud fait avec goût mais sans apprêt apparent, était rabattu un col du linge le plus fin; une jaquette d'été complétait ce costume et encadrait les formes de l'élégant jeune homme de la façon la plus avantageuse.

Georges de Ménars était trop bien doué pour être fat, mais, habitué à l'élégance parisienne, il savait combien le bon ordre et la convenance de la tenue préviennent favorablement; l'espoir qu'il concevait de retrouver au salon de conversation son apparition de la nuit passée, l'invitait à ne pas se départir de ses principes de gentleman.

La compagnie des bains entrait dans la salle à manger au moment où M. de Ménars, averti par le second coup de cloche, y descendait lui-même. Le nouveau venu fut, en cette qualité, analysé des pieds à la tête. Ses formes polies, sa réserve, son obligeance, l'eurent bientôt fait accueillir sans conteste par les baigneurs, comme une personne chez laquelle on espère rencontrer tous les agréments d'une société polie.

— La mer est, depuis huit jours, chaude et calme; nos derniers bains seront très-agréables! s'écria un gros

nonsieur, qui, ce disant, attaquait un buisson de crevettes avec l'ardeur d'un gastronome.

— Ces dames commencent cependant à trouver l'eau
roide, repartit un jeune homme à la physionomie mi-
itaire, en s'inclinant vers deux jeunes filles, encadrées
entre leur père et leur mère, personnes silencieuses,
mangeant bien et pensant peu.

— La mer est chaude et l'air est frais, répliqua dog-
matiquement le docteur Saignepeu, médecin des bains.
Monsieur qui est de Paris, ajouta-t-il en désignant le
gros monsieur aux crevettes, et vous qui revenez
l'Afrique, mon bel officier, vous n'entendez rien à notre
climat; en Afrique, c'est tout différent, en Afrique.. il
ait très-chaud le jour et très-froid la nuit...

Le jeune officier ne put réprimer un sourire, qu'il
déguisa en mordant sa moustache: c'était la vingtième
fois que le docteur posait savamment cette vulgaire observation.

— Chez nous, au contraire, il ne fait pas très-chaud
le jour ni très-froid la nuit; le climat est tempéré, tour-

nant volontiers à l'humide, et cela tient à plusieurs causes : le voisinage de la mer en est une. Pourtant, la température de la mer est peu variable; c'est l'air, le fond de l'air qui varie. Dans le langage des salons, vous dites : La mer est chaude ! et c'est surtout l'air qui est chaud; la mer est froide ! et c'est l'air qui est froid. Vous vous trompez, voilà !

— Je ne voudrais certes pas révoquer en doute les lumières de la Faculté, repartit M. de Ménars, se mêlant à la conversation, mais comment expliquez-vous, docteur, que monsieur trouve la mer chaude lorsque ces dames la trouvent froide?

— Cette divergence réside dans les constitutions, monsieur, répondit le docteur, en jetant sur son interlocuteur un regard complaisant; telle constitution est habituée au froid et nagerait dans la Newa, se croyant dans l'Euphrate; telle autre est rétive à la chaleur et grelotterait sous les tropiques : la circulation du sang ! Monsieur, tout est là. La plus ou moins grande perfection des facultés digestives, la plus ou moins grande richesse du sang, voilà des causes qui peuvent avoir une influence immense! Ainsi, que M. Brucotey trouve la mer chaude à Noel, continua le docteur, en interpellant du geste le gros baigneur qui, à ses crevettes, avait fait succéder une énorme tranche de jambon, je n'en serais pas surpris. Monsieur mange beaucoup, boit sec et a le sang porté à la tête; son médecin lui ordonne les bains de mer froids, c'est une inconséquence. Monsieur est sanguin, de ces natures que foudroie l'apoplexie : pas de bains pour ces constitutions là; l'air vif des montagnes, de la moutarde aux pieds; et si vous lui laissez prendre l'habitude de la saignée, c'est un homme mort!

Le gros monsieur devint blême de frayeur et roula des yeux effarés.

— Rassurez-vous cher monsieur Brucotey, vous savez que je n'aime pas à saigner : c'est un danger de moins pour vous; si l'air vif vous est salutaire, ne vous suffit-il pas de grimper sur nos hautes falaises pour rencontrer cet air là. Vous prenez peut-être à tort vos bains à la vague, je crois qu'ils vous sont contraires; mais puisque vous tenez à en prendre, je vous conseillerais les bains de mer chauds dans la baignoire, le sang est moins fouetté... J'en ai pu faire l'expérience pour votre blessure, lieutenant.

— Ah! docteur, interrompit le jeune officier, vous abusez, vous dépassez les bornes; voilà vingt minutes, montre en main, que vous nous parlez médecine, constitutions, consultations, sans pitié pour ces dames: ce qui est d'autant plus maussade aujourd'hui, qu'elles sont privées de l'aimable compagnie de Mme la baronne de Servas

— Eh quoi! Mme la baronne serait-elle repartie pour son château de Commes, demanda le considérable monsieur Brucotey; je serais profondément désolé de ne lui avoir pas fait agréer mes devoirs.

— Mme la baronne de Servas, reprit le docteur d'un air contenu et important, n'est pas repartie pour son château, elle m'a fait appeler ce matin; elle était indisposée et elle a fait monter son déjeûner à son appartement; elle doit aller à la ville, ses chevaux sont demandés pour midi.

— Mlle de Servas est-elle de la famille des Servas de Paris? demanda Georges au docteur au moment où l'on se levait de table.

— Précisément, répondit-il, saisissant aux cheveux l'heureuse occasion qui lui faisait rencontrer un auditeur attentif; Mme la baronne, continua le docteur en entraînant Georges sur le balcon de la salle à manger, est veuve d'un frère du comte Raoul de Servas, dont l'hôtel est situé à Paris, rue de Lille. A la mort de son mari, Mme la baronne s'est retirée dans une jolie maison de campagne qu'elle possède à deux kilomètres de Port, dans la vallée de Commes. Elle mène un veuvage austère. Pendant la saison des bains, le pied à terre de Mme de Servas est à l'hôtel. Nous avons parfois le bonheur de voir Mme la baronne prendre part à nos déjeuners; elle affectionne particulièrement cette dame et ses deux jeunes filles que vous venez de voir; parfois Mme de Servas se réunit à elles; c'est une grande faveur pour nous tous; Mme la la baronne est une des femmes les plus agréables qu'on puisse rencontrer : esprit, grâce, beauté, grande intelligence de toutes choses; — c'est une femme supérieure. Notre beau lieutenant a tenté, sans succès, de lui faire la cour.

Le docteur allait entrer dans une longue analyse des habitudes de Mme de Servas, de la solitude qu'elle gardait dans son château de Commes, lorsque Georges coupa court à cette narration; et, prétextant des lettres à terminer pour le départ du courrier, il regagna son appartement.

M. de Ménars fit une nouvelle inspection de sa toilette, prit une carte de visite, y traça quelques mots au crayon, sonna, et remit sa carte au garçon de l'hôtel :

— Pour Mme la baronne de Servas, lui dit-il.

CHAPITRE IV.

LA PRÉSENTATION.

La réponse ne se fit pas attendre; et, sans se défendre de cette émotion qui précède la découverte de l'inconnu, et que nous fait éprouver le vague pressentiment d'un événement qui doit prendre place dans notre destinée, M. de Ménars fut introduit chez Mme de Servas.

— Soyez le bienvenu, monsieur; j'étais loin de m'attendre au bonheur de retrouver, à soixante lieues de Paris, un parent de ma bien affectionnée belle-sœur.

Et, d'un geste poli et digne, Mme de Servas invitait M. de Ménars à prendre un siége.

— Vous daignerez, madame, excuser la liberté que je prends de me présenter ainsi; mais cette alliance de famille, le désir de vous entretenir d'amis communs, l'espoir d'être admis, pendant mon séjour ici, à contempler tant de perfections, la volonté de m'efforcer de mériter la faveur de vous voir et de participer au bonheur que vous répandez sur le milieu qui vous entoure..... et déjà, madame, si vous me permettiez de vous dire.....

La baronne lança sur M. de Ménars un coup-d'œil plein de hauteur; ce regard fut empreint d'une moquerie si perçante que Georges devint pâle comme un homme près de défaillir.

Mme de Servas, à qui cette émotion ne déplut sans doute pas, reprit, en considérant le jeune voyageur d'un air triste et doux, et avec l'accent d'une femme profondément pénétrée par le sens de ses paroles :

— Vous êtes jeune, monsieur, et vous vous croyez obligé à me faire la cour; de grâce, laissez cette manière aux jeunes hommes qui, se condamnant au ridicule, veulent se rendre insupportables. Je me sens disposée à vous bien accueillir; vous vous êtes présenté sous la recommandation d'un nom qui m'est cher : je vous accepte pour cavalier pendant votre court séjour à Port-en-

Bessin; mais vous partirez bientôt; ma grande aînesse m'autorise à vous tenir ce langage. Ainsi, monsieur, ajouta Mme de Servas d'un ton enjoué, je me confie dans votre esprit et votre bon goût. Je vais à la ville aujourd'hui, voulez-vous m'accompagner?

Elle se tut en regardant M. de Ménars avec une simplicité calme et une dignité vraie, qui le remplirent de confusion; il demeura presque béant et songeur, admirant la baronne sans songer à faire une réponse qui le satisfît; Georges murmura un remerciement contenant acceptation.

Mme de Servas était disposée pour sortir, lorsque M. de Ménars s'était fait annoncer.

— Eh bien, monsieur, vous ne m'offrez pas de me conduire à ma voiture? dit-elle en lui tendant la main par un geste doux et impératif; et, d'un mouvement mollement élégant et gracieux, elle prit le bras de M. de Ménars.

CHAPITRE V.

BAYEUX.

L'équipage de Mme de Servas l'attendait dans la cour de l'hôtel. Le coup-d'œil parisien de M. de Ménars eut rapidement reconnu que chevaux, voiture et gens, tout était du meilleur style. Deux carrossiers de demi-sang, anglo-normands, aux aplombs irréprochables, de ces chevaux qui, en termes spéciaux, ont de la *lame*, étaient tendus sur leurs traits, l'encolure haute, l'œil enflammé, mâchant leurs mors, impatients de partir; aussi, à peine le valet de pied eut-il refermé la portière de la calèche découverte, sur laquelle ces nobles animaux étaient attelés, qu'ils se dressèrent sur leurs jarrets, piquèrent deux ou trois courbettes avec cette mutine coquetterie particulière aux chevaux de race, et, obéissant à la volonté du cocher, qui, impassible au milieu de cette bourrasque, se contenta de rendre la main par un mouvement imperceptible, ils s'élancèrent au grand trot sur la route de Bayeux.

Mme de Servas s'était arrangée dans sa calèche. Sa robe de soie noire à volants nombreux s'épanouissait autour d'elle; à demi-couchée au fond de sa voiture, elle apparaissait à M. de Ménars sous l'aspect le plus séduisant; il revoyait le type distingué et les formes gracieuses de la Parisienne avec toute sa perfection exquise et sa négligence de ces effets cherchés qui nuisent tant aux femmes.

Georges de Ménars était fort embarrassé de sa contenance; le grand air de Mme de Servas, sa beauté, l'expression tantôt digne et froide, tantôt gracieuse et bonne de sa physionomie, l'avaient jeté dans une anxieuse perplexité.

Mme de Servas pouvait avoir trente-quatre ans; elle était brune; ses yeux noirs, d'une teinte veloutée délicieuse à contempler, prenaient parfois un vif éclat qui réfléchissait une volonté bien inspirée; son front, pur et merveilleusement dessiné, révélait une intelligence supérieure; son visage, d'un gracieuse régularité, était encadré dans une chevelure abondante artistement disposée; ses lèvres laissaient entrevoir des dents magnifiques. La physionomie de Mme de Servas reflétait le calme, la dignité, une fermeté expérimentée, une bonté inépuisable. Tout en elle devait inspirer à un homme le plus ardent désir de voir pour lui cette belle nature confondre en un seul sentiment d'amour et d'abandon ineffable les nobles et fortes impressions dont ses traits étaient empreints.

L'influence sous laquelle M. de Ménars se trouvait placé, l'espèce d'ivresse dans laquelle l'avait plongé la contemplation de Mme de Servas, ne pouvait échapper à la baronne, savourant le plaisir, toujours nouveau pour une femme, d'être pour un homme la cause de son bonheur.

— Vous faites-vous une idée de Bayeux? dit-elle,

en rompant un silence qui commençait à devenir embarrassant.

— Bayeux est, je le suppose, madame, comme toutes les petites villes; et, si j'ai bonne mémoire, mon *Guide du voyageur en Normandie* s'exprime ainsi sur son compte : *Ville triste et à l'aspect monastique, possède une cathédrale assez remarquable; on y conserve la fameuse tapisserie de la reine Mathilde.*

— Détrompez-vous; Bayeux n'est pas comme toutes les petites villes : cette antique cité, une des plus anciennes de la Normandie, offre des traits particuliers à l'œil de l'observateur.

— Vous daignerez pardonner mes doutes, madame; mais il me semble bien difficile qu'une ville privée d'industrie, possédant un évêché, un nombreux clergé, soit autre chose qu'un gros bourg froid, silencieux, compassé et médisant.

— Vous détestez bien la province comme un Parisien, repartit en souriant Mme de Servas; mais prenez garde de vous laisser entraîner par vos préventions; vous paraissez être un *touriste* trop consciencieux pour être dominé par le préjugé. Bayeux n'est pas la ville triste et austère que vous supposez : on y aime les arts, les belles-lettres; les fleurs y sont cultivées comme à Paris, preuve d'un goût délicat, vous en conviendrez. L'industrie est élégante à Bayeux, et n'apparaît pas avec son odieux cortége de fumée, de charbon de terre et d'ouvriers déguenillés; les dentelles, la porcelaine, le commerce des fleurs et des jolis chevaux, une agriculture perfectionnée, voilà les éléments sur lesquels s'exercent, dans ce pays, l'intelligence et le goût des populations laborieuses. Le clergé du diocèse de Bayeux est un des plus distingués de France; des membres de ce clergé se sont rendus éminents par leurs écrits. Cette influence d'un clergé savant a répandu dans ce pays le goût des lettres, de l'érudition, l'amour des nobles occupations, la juste vénération de ce qui est bien inspiré. Bayeux est aussi représenté dans les arts par ce jeune et sympathique artiste dont vous vous rappelez les brillants débuts aux Italiens, Léon Lecieux.

— Ah! Léon Lecieux est bayeusain! son gracieux talent me fait aimer sa ville natale.

— Un dernier trait de caractère recommande cette cité; c'est sa religion pour ses monuments historiques. Vous allez voir une curieuse tapisserie attribuée à la reine Mathilde, et, après l'avoir examinée comme elle mérite de l'être, vous serez surpris qu'elle n'ait pas au loin plus de retentissement. La cathédrale est aussi très-remarquable par les différents ordres de styles dont elle offre la réunion.

— Mes préventions, madame, tombent devant votre plaidoyer *pour Bayeux*, et je n'avais pas besoin de l'entendre pour souhaiter de passer ma vie dans le pays que vous habitez.

— Vous oubliez nos conventions, M. de Ménars...; jetez les yeux à votre gauche, sur ce jardin, quelle belle collection de rosiers!

A gauche de la route, bordée en cet endroit d'une verte allée de peupliers, avenue de la ville de Bayeux, s'étendait un grand jardin garni de serres et enrichi d'une pépinière de rosiers des espèces les plus rares. Au-dessus de la grille on lisait cette enseigne : *Malherbes, horticulteur pépiniériste.*

Mme de Servas fit arrêter sa voiture et consacra quelques instants à visiter les jardins de Malherbes, auquel elle fit plusieurs emplettes pour sa serre. En regagnant la calèche, M. de Ménars avoua que si le culte des fleurs est, comme le disent les penseurs, le signe d'une civilisation avancée, on devait être très-poli à Bayeux.

Les chevaux, mis à leurs grandes allures, eurent bientôt franchi la distance qui sépare de la ville de Bayeux le faubourg Saint-Patrice, où sont installés les jardins de Malherbes. La baronne se fit descendre à l'entrée de la ville et, envoyant son équipage à l'*hôtel du Luxembourg*, avec ordre de venir la reprendre à trois heures à la bibliothèque, elle se dirigea, appuyée sur le bras de son élégant cavalier, vers l'église cathédrale.

CHAPITRE VI.

L'ÉGLISE CATHÉDRALE.

Parvenu sur la petite place qui précède l'église cathédrale de Bayeux, M. de Ménars remarqua tout d'abord l'architecture du grand portail, dont la façade, composée de cinq arches, est surmontée de deux pyramides hautes de soixante-quinze et soixante-dix-huit mètres. Ce portail fut reconstruit au XIVe siècle, vers l'année 1371. L'arche principale est surmontée d'une plate-forme portant une balustrade formée d'une suite de roses avec quatre feuilles inscrites. Les quatre autres arches se terminent en pignons, découpés par des roses de divers dessins bordés d'expansions végétales. Au-dessus de la balustrade de l'arche principale, s'élève une vaste croisée rayonnante à lobes ogivaux. Plus haut règne une galerie en arcature trilobée surmontée de petits pignons. Le tout est couronné par un pignon principal bordé de fleurons ayant une rose en front avec un cadran à son centre. Ce pignon occupe tout l'espace entre les deux tours, qui terminent les côtés de la façade.

Le massif des tours est du roman de la première période.

— L'arche du milieu était autrefois, fit observer Mme de Servas, décorée de dix colonnes et de six statues d'apôtres, ainsi que d'une statue de la Vierge. Ces ornements, qui donnaient une grande richesse au portail, disparurent en 1778, lorsqu'on voulut réparer cette arche.

Après avoir fait remarquer combien il serait urgent de réparer les détails d'architecture qui subsistent dans les arches secondaires, Mme de Servas conduisit son jeune cavalier vers le planitre, voulant montrer à M. de Ménars l'église cathédrale sous son aspect le plus complet.

De là, en effet, l'œil embrasse la partie méridionale de l'édifice, le profil supérieur des deux tours pyramidales, le portail qui termine extérieurement le côté sud du transept et dont les ornements, semés avec profusion, indiquent le passage à l'architecture flamboyante. M. de Ménars fut frappé de la richesse de la tour de l'horloge. Cette tour est construite sur le chœur. L'extérieur, tout entier de style flamboyant jusqu'à la naissance de la coupole, fut achevé des deniers de Louis de Harcourt, évêque de Bayeux, patriarche de Jérusalem, vers l'année 1479.

La coupole qui recouvre la lanterne et termine la tour de l'horloge fut élevée en 1714, aux frais du chapitre, par l'architecte Moussard, de Bayeux.

— On a beaucoup critiqué cette construction, dit Mme de Servas ; on lui a reproché de ne se rapporter en rien au style de l'édifice ; mais, à défaut de génie, M. Moussard n'aurait-il pas été un architecte convaincu que son siècle devait faire reconnaître sa main dans un monument auquel chaque génération avait apporté sa pierre. Ainsi, dans la cathédrale de Bayeux, le XVIIIe siècle est représenté par la coupole de la tour du centre, comme le XIe par les tours et le portail de la façade ; le XIIe par les chapiteaux élégants de l'intérieur de l'église ; le commencement du XIIIe par la partie supérieure de la nef, le chœur entier, l'abside et les chapelles qui l'environnent. La reconstruction du portail appartient au XIVe. Le XVe est représenté par l'achèvement du côté nord du transept, par la tour de l'horloge, ainsi que par la décoration de la salle du chapitre où l'on remarque une vaste peinture à fresque figurant le chapitre en costume aux pieds de la Vierge ; aux côtés sont des clercs tenant deux vastes écriteaux contenant la liste des prébendes et l'indication des psaumes que l'évêque et chaque chanoine étaient tenus de réciter tous les jours à raison de leurs bénéfices.

Après avoir bien examiné dans tous ses détails la partie extérieure de cette église, si curieuse parce qu'elle offre à qui sait la déchiffrer un véritable cours d'archéologie, Mme de Servas et M. de Ménars pénétrèrent dans la nef de la cathédrale. La majeure partie de la nef, bâtie vraisemblablement par Henri Ier, qui avait détruit l'église précédente dans le siége de 1106, consiste en arcades supportées par des piliers de style normand fleuri. Ces pilastres sont flanqués de colonnettes; les chapiteaux sont élégants, variés, ornés de mille espèces de feuillages.

Au-dessus de la balustrade du premier étage règne un seul rang de hautes fenêtres ogivales à deux compartiments.

Les arcades de la nef voisines du transept, et celles du chœur à demi-cintrées, montrent une tendance vers le style en pointe, et sont supportées par d'élégants piliers formant un faisceau de colonnettes. Les médaillons sculptés dans les angles, au-dessus des cintres, présentent une grande variété de jolis dessins.

Mme de Servas n'omit pas de faire remarquer à M. de Ménars les stalles du chœur, habilement sculptées, en 1589, par Jacques Lefèvre, menuisier de Caen, qui s'éleva dans cette œuvre aux proportions d'un artiste. Les colonnettes sont cannelées à base ronde garnie de lierres; le couronnement cintré est d'une grande légèreté; la boiserie porte des dessins en arabesques variés.

En descendant du chœur, M. de Ménars visita avec une grande curiosité la crypte qui existe au-dessous du sanctuaire. Cette chapelle sous terre, enfermée dans la maçonnerie du monument, resta longtemps ignorée. On y voit des fresques et des tombeaux de cette époque mutilés. Deux rangs de colonnes soutiennent le milieu de la voûte. Ce caveau renferme plusieurs tombes d'évêques du diocèse de Bayeux.

— Maintenant que nous avons visité l'un des deux monuments de la ville de Bayeux, il nous reste à voir la fameuse tapisserie.

En jetant un dernier regard vers le chœur de l'église, Mme de Servas fit remarquer à M. de Ménars qu'un jubé moderne, formant un disparate choquant avec les autres parties de l'église, avait été récemment démoli.

— Il paraît, ajouta-t-elle, que cette opération a mis

à découvert des mouvements de maçonnerie qui peuvent faire concevoir des inquiétudes sur la solidité de la tour de l'horloge ; mille bruits ont déjà circulé dans le pays sur les résolutions prises à l'occasion de la tour centrale. On s'alarme à la pensée de voir raser cette remarquable partie de l'édifice.

— Espérons, répondit M. de Ménars, que les hommes de l'art donneront satisfaction aux vœux du diocèse de Bayeux, et qu'ils respecteront un des monuments dont il s'honore le plus.

CHAPITRE VII.

LA TAPISSERIE
DE LA REINE MATHILDE.

En sortant de la cathédrale, Mme de Servas et son cavalier se dirigèrent, par la rue de la Juridiction, vers la place du Château ; la bibliothèque de la ville de Bayeux est située dans une rue près de cette place. On attribue la fameuse tapisserie conservée dans cette bibliothèque à Mathilde, femme de Guillaume-le-Conquérant, couronnée reine d'Angleterre ; on croit que cette princesse tissa ce précieux monument historique, aidée par ses femmes, pendant que la roi Guillaume était à gouverner le royaume conquis. Cette tapisserie reproduit avec une grande exactitude et un mouvement fort remarquable les diverses phases de la conquête d'Angleterre. Elle est tendue sous un chassis de verre, dans une grande salle construite à la suite de la bibliothèque. Pendant longtemps cette pièce de toile de lin, longue de 70 mètres et large de 0,53 centimètres, fut enroulée autour d'un tourniquet, et pour la faire voir aux nombreux étrangers, qui venaient comme ils viennent encore la visiter, on dévidait ce précieux monument de l'histoire normande, comme une vile pièce de marchandise. Le mouvement autour du cylindre avait fini par user la toile en plusieurs endroits, lorsque l'édilité bayeusaine forma le national projet de construire un pavillon à l'œuvre de la reine Mathilde. Evidemment les honorables citoyens qui ont signé la délibération allouant des fonds pour l'exécution de ce projet ont bien mérité de l'histoire de leur petite patrie.

Dans notre monde moderne, où tant d'esprits se préoccupent avant toute autre considération de ce qu'un capital employé pourra produire, ce fut pour la ville de Bayeux une résolution digne d'être honorée que celle par laquelle cette cité s'imposa des sacrifices pour perpétuer un glorieux souvenir.

Tout en faisant cette remarque, Georges de Ménars rappela qu'il avait vu dans quelques villes des Flandres belges des tables de marbre conservant religieusement les propres termes de décisions prises par les municipalités dans des circonstances importantes, avec le nom des citoyens qui y avaient adhéré; une pareille inscription, pensait-il, serait d'un bon effet dans la galerie de Mathilde; M. de Ménars regrettait aussi de ne pas voir, comme pendant au tableau qui représente cette reine donnant des ordres pour le travail de la tapisserie, le portrait de M. Augustin Thierry, l'illustre historien de la conquête.

Mme de Servas, tout en applaudissant aux observations critiques de son jeune cavalier, l'avait conduit au point où le monument historique commence à raconter l'expédition normande.

La tapisserie représente d'abord Edouard, roi d'Angleterre, assis sur son trône, donnant audience à Harold et lui accordant l'autorisation de passer en Normandie, où l'astuce de Guillaume doit arracher à sa trop grande confiance d'imprudentes promesses.

M. de Ménars prit un intérêt extrême à suivre dans leurs développements les différents épisodes de la conquête représentés par des figurines tracées à la laine coupée et croisée à peu près comme on hache une première pensée au crayon. On dirait d'esquisses informes tentées par un écolier; mais, chose merveilleuse, au milieu de cette raideur grossière, tout ce petit monde de gens d'armes et de cavaliers offre un mouvement infini.

A l'attrait puissant qu'inspirent l'antiquité et la source de ce monument historique, s'ajoute le mérite d'une grande exactitude de détails. C'est ainsi qu'après l'audience donnée par le roi Edouard à Harold, on voit ce prince s'embarquer au petit village de Bosham, puis venir faire naufrage sur les terres de Guy de Ponthieu;

Retenu prisonnier, il invoque le secours de Guillaume de Normandie; et la tapisserie représente une première ambassade envoyée par le duc à Guy de Ponthieu, pour traiter du rachat de Harold Les envoyés du duc ayant éprouvé un refus, Guillaume, à la tête d'une escorte imposante, vint lui-même pour délivrer Harold. Cet épisode est retracé avec une grande animation. On voit Guy de Ponthieu à la tête d'une troupe d'hommes d'armes à cheval, portant sur le poing gauche l'oiseau ayant le bec en avant et ses grillets; Guy de Ponthieu montre au duc de Normandie, Harold, qui s'avance au milieu de ses cavaliers; ce prince est revêtu de tous les insignes indiquant qu'il a déposé les marques de la captivité.

Viennent ensuite divers morceaux qui représentent les expéditions entreprises par le duc de Normandie contre Conan, duc de Bretagne. Harold accompagna Guillaume dans cette guerre, et ce fut au retour de cette entreprise que le duc de Normandie fit jurer, sur les reliques des saints, au prince anglais, qu'il reconnaîtrait ses droits à la succession d'Angleterre. La tapisserie figure l'arrivée de Guillaume et d'Harold à Bayeux, dans leurs équipages de guerre. Un château construit sur une hauteur désigne la ville. La scène du serment est très-complètement représentée.

Guillaume, assis sur son trône, tient son épée haute dans la main droite et étend la gauche vers Harold; derrière lui sont deux officiers.

Harold, revêtu d'un manteau, est debout entre deux reliquaires montés sur deux pieds couverts de tapis; il pose une de ses mains sur un des reliquaires. Le prince prêta au duc Guillaume serment de faire son possible pour qu'à la mort d'Edouard, roi d'Angleterre, la couronne passât sur la tête du duc de Normandie. Il promit, en outre, de remettre à Guillaume la citadelle de Douvres et d'épouser sa fille Adèle.

Après cette scène du serment, la tapisserie retrace le retour d'Harold en Angleterre et l'entretien qu'il eut avec le roi Edouard.

Le dessin représente le roi d'Angleterre, vieux et affaibli par les infirmités, la barbe longue et l'air attristé; Harold semble lui rendre compte de son voyage. Puis on voit Edouard représenté malade dans son lit, un homme le soutient, deux personnages sont autour du lit. Au-dessous de cette scène, la tapisserie figure Edouard mort, étendu sur un drap mortuaire, parsemé de larmes; deux hommes enveloppent le roi mort dans ce linceul.

Les funérailles du roi d'Angleterre sont retracées avec une grande pompe.

La tapisserie figure l'église de St-Pierre de Westminster, où Édouard fut enterré.

La porte principale est accompagnée de deux grandes portes et de deux autres plus petites.

On voit le convoi royal en marche vers l'église; huit hommes portent la bière; elle est d'une figure presque carrée, traversée de plusieurs bandes et chargée de petites croix. Des deux côtés de la bière, marchent deux hommes armés de sonnettes. De nos jours, l'usage de faire précéder les processions religieuses de porteurs de sonnettes existe encore dans les campagnes de la Normandie.

Le cercueil du roi Édouard est suivi par un groupe de personnes qui donnent des signes de la plus profonde douleur.

CHAPITRE VIII.

LA TAPISSERIE
DE LA REINE MATHILDE.

(Suite.)

A peine le corps d'Édouard fut-il déposé à Westminster qu'Harold se fit proclamer roi. La tapisserie représente Harold revêtu d'un manteau, appuyé sur sa hache d'armes; deux hommes sont devant lui; l'un lui présente une couronne, l'autre, tenant une hache d'armes, semble jurer de défendre son trône.

Le morceau suivant figure le sacre d'Harold par l'archevêque d'Yorck.

Le tableau de ce grand événement est suivi d'un autre retraçant une particularité dont tous les historiens ont parlé. En l'an 1066, une comète apparut en Angleterre et imprima une grande terreur aux esprits; les populations en tiraient de funestes présages, bientôt réalisés par l'invasion des Normands. La tapisserie montre en cet endroit une grande étoile partant de l'Occident et se dirigeant vers le Midi : on voit un groupe de gens attentifs à la considérer.

La nouvelle de l'usurpation de la couronne d'Angleterre par Harold, au mépris de son serment, ne tarda pas à parvenir en Normandie. Ce fait est désigné dans la tapisserie par un vaisseau qui aborde à terre; un matelot, marchant sur la grève, y vient assurer son ancre.

La suite de la tapisserie représente Guillaume donnant des ordres pour préparer l'expédition. On voit un grand mouvement d'ouvriers occupés à abattre des arbres et à construire des navires; d'autres tirent vers la mer, à l'aide de câbles, des vaisseaux déjà construits, mais non mâtés.

Des provisions de guerre et de bouche sont transportées dans ces bâtiments. On voit des hommes portant deux à deux sur leurs épaules des habillements de fer, et dans leurs mains des haches, des casques, des épées, des massues, des lances; d'autres portent des sacs et des barils. Un char à quatre roues, chargé d'un tonneau, est tiré par deux hommes.

Enfin, on voit l'embarquement du duc de Normandie. Ce prince, à cheval, son manteau rejeté sur l'épaule gauche, tient à la main droite sa lance, au bout de laquelle flotte un gonfanon; une troupe de cavaliers armés de lances et de boucliers s'avance derrière lui.

L'histoire rapporte que la traversée se fit fort heureusement. La flottille de Guillaume est représentée par des bâtiments voguant à pleines voiles; le vaisseau monté par le duc se trouve dans le milieu de cette flotte; au grand mât de son navire est arborée une bannière chargée d'une croix : on a voulu sans doute désigner par là le gonfanon envoyé à Guillaume de Normandie par le pape Alexandre II en témoignage des vœux qu'il formait pour son entreprise.

Le débarquement est figuré par des chevaux sortant

de navires échoués sur le rivage; des hommes descendus à terre tirent les chevaux par la bride.

Tout aussitôt on voit quatre hommes à cheval se dirigeant au galop vers l'intérieur des terres. Ces hommes sont armés en guerre; ils portent le bouclier et la lance en avant.

Suivant le récit de Guillaume de Poitiers, le vaisseau sur lequel le duc de Normandie était monté, ayant fait plus de diligence que les autres, aborda le premier à Pevensey, sur la côte anglaise. Le duc, dans une sage prévoyance et pour éloigner de ses compagnons d'armes la terreur qu'aurait pu leur inspirer l'isolement dans lequel ils étaient jetés au milieu d'un pays ennemi, s'efforça de les maintenir dans l'insouciance du danger en faisant préparer un grand festin. La fermeté et la présence d'esprit dont le duc de Normandie fit preuve en cette occurrence devait être immortalisée par l'auteur de la tapisserie ; aussi les préparatifs du festin sont-ils reproduits avec de minutieux détails.

Après les quatre cavaliers qui galopent pour aller chercher des vivres à Hastings, petite ville éloignée de Pevensey d'environ trois lieues, on voit des hommes à pied revenant avec le butin qu'ils ont pris : l'un porte un cochon, l'autre mène un mouton, un troisième tient sa hache levée pour tuer un bœuf, un quatrième semble porter sur ses épaules un paquet de toile.

Des gens travaillent au repas, et les instruments employés par les officiers de bouche sont d'une simplicité primitive. Deux bâtons fourchus traversés par un troisième soutiennent une chaudière au-dessus d'un feu de sarments; des officiers accommodent des mets sur une table; un d'entre eux goûte les liqueurs et boit dans une corne.

La table du duc est représentée ensuite. Odo, évêque de Bayeux, frère du conquérant, bénit les mets.

Aussitôt après, le dessin figure le conseil tenu par le duc de Normandie sur le lieu où il établira son camp : Odo et Robert, comte de Mortain, l'assistent. Des ouvriers travaillent au camp ; les uns piochent la terre, les autres l'enlèvent. Pendant que son armée se fortifie ainsi, on vient apprendre à Guillaume que Harold marche vers lui.

Le conquérant, à cette nouvelle, se détermine à quitter ses retranchements ; on voit Guillaume sortant d'une forteresse et se disposant à monter à cheval. Le morceau suivant figure l'armée marchant en bataille ; auprès de Guillaume, revêtu de son armure de mailles de fer et portant à la main son bâton de commandement, vient son frère, l'évêque de Bayeux, Odo, tenant une massue assez semblable à une main de justice ; Robert, comte de Mortain, les accompagne, ainsi qu'un quatrième personnage portant au bout de sa lance un cercle à rayons. Le savant M. Lancelot, auquel on doit une étude fort remarquable sur la tapisserie de Bayeux, dont il a expliqué plusieurs passages demeurés obscurs avant lui, pense que cet officier représente le sénéchal du duc Guillaume, fils d'Osber, son parent.

Après cette marche, on voit un cavalier revenant vers

Guillaume; il lui annonce que l'armée d'Harold est à peu de distance.

De son côté, Harold a envoyé des espions pour reconnaître l'armée des Normands. La tapisserie représente un Anglais debout sur une éminence, la main étendue vers l'armée de Guillaume; on le voit prendre la fuite et courir vers son prince auquel il rend compte de ce qu'il a vu. Le morceau suivant montre Guillaume haranguant ses troupes et les disposant en ordre de bataille. La première ligne est formée des archers à pied, armés de flèches et de dards ; la seconde se compose d'autres gens à pied revêtus de cuirasses.

La cavalerie, commandée par le duc lui-même, forme la troisième ligne.

Les Anglais sont serrés les uns contre les autres, disposés dans cet ordre de bataille que les anciens appelaient *tortue;* leurs boucliers élevés au-dessus de leur tête sont inclinés du côté de l'ennemi. L'air est rempli de carreaux, de lances, de dards; la terre est couverte de morts et de blessés.

Puis on voit le moment où les Normands, s'étant engagés dans les hautes herbes qui couvraient un ancien retranchement, furent repoussés vigoureusement en essuyant de grandes pertes.

Hommes et chevaux sont culbutés du haut du retranchement.

Cet échec faillit jeter le désordre dans l'armée; l'énergie d'Odo, évêque de Bayeux, contint les fuyards. Ramenés par Odo, les Normands reviennent avec ardeur au combat.

On les voit s'avancer au galop et en bon ordre pour rejoindre Guillaume. Le bruit de la mort du duc de Normandie avait été faussement répandu; il parcourt les rangs de son armée, ôtant son casque et se faisant reconnaître. Alors les Normands tombent avec tant de furie sur les Anglais qu'ils les mettent en déroute. Les cavaliers de Guillaume pénètrent jusqu'au lieu où Harold est tombé l'œil percé d'une flèche.

Ici la tapisserie de Bayeux est interrompue; la mort ne permit pas à Mathilde d'achever son ouvrage. Il est à présumer que son intention était de poursuivre ce monument historique jusqu'au couronnement du roi Guillaume.

— Eh bien, M. de Ménars, que trouvez-vous de l'œuvre de Mathilde et de ses compagnes, dit Mme de Servas à Georges, qui venait, à l'aide de la notice dressée par les soins du modeste et savant bibliothécaire, M. Lambert, de déchiffrer la dernière inscription de la tapisserie : *Fuga verterunt angli.*

— Madame, je pense comme vous, que ce remarquable monument n'a pas en France la réputation qu'il devrait avoir ; et parmi nos tapisseries historiques je n'en connais pas de plus fidèles. Le mouvement répandu sur toute cette composition fait suivre les épisodes de la conquête avec un intérêt infini.

— Savez-vous à quoi j'ai souvent songé en admirant cette tapisserie ?

— Vos pensées, Madame, puisent à une source si féconde, qu'il me serait bien mal aisé de savoir...

— Je voulais vous dire que les jeunes filles de Bayeux

devraient terminer cette tapisserie et la conduire jusqu'au couronnement du roi d'Angleterre. Ce n'est pas là un projet d'une réalisation impossible; vous avez vu avec quelle habileté on a restauré le dessin en certains endroits.

— Ce serait obéir à une heureuse inspiration que de terminer cette œuvre, répondit M. de Ménars, les épisodes ne manqueraient pas, tels seraient : le massacre de Romney et les représailles que Guillaume exerça contre les habitants en livrant leurs maisons aux flammes; le siége de Douvres; l'expédition contre Londres et enfin les scènes de désolation et de carnage qui accompagnèrent le couronnement du conquérant dans l'église de Westminster.

CHAPITRE IX.

LA PROVOCATION.

En sortant de la bibliothèque de Bayeux, Mme de Servas aperçut son équipage, que son cocher prévoyant avait remisé à l'ombre des hauts arbres qui entourent la place du Château. Les chevaux désenrênés, le cou libre, balançant capricieusement leur tête par ce mouvement que les cochers appellent *encenser*, semblaient goûter philosophiquement un digne repos.

Mme de Servas donna l'ordre de la reconduire à son château, et de ramener M. de Ménars à l'hôtel de l'*Etoile du Nord*.

Pendant la demi-heure que dura le retour, Georges

put achever de se pénétrer de cette conviction, née dans son esprit depuis le moment où il avait analysé Mme de Servas, c'est que le monde parisien ne pouvait offrir de femme plus séduisante. Sa profonde intelligence du pays qu'elle habitait; ses remarques critiques sur les habitudes provinciales; l'exact sentiment de la conduite qu'il fallait tenir avec les notabilités de petite ville, pour ménager leur incroyable susceptibilité et pour accorder à leurs justes prétentions ce qui leur était légitimement dû; ses connaissances variées en littérature, histoire, beaux-arts; l'élévation de sa pensée, qu'un charme infini de langage et une rare douceur de sentiments dépouillaient de toute apparence de ce pédantisme insupportable chez tout le monde et odieux chez une femme; la réunion de ces qualités, disons-nous, formait pour M. de Ménars le portrait le plus parfait qu'il eût jamais rêvé.

De son côté, Mme de Servas avait rencontré dans le jeune parent de sa belle-sœur, de l'âme, des convictions plus fortes qu'on ne les a ordinairement à son âge, des idées ouvertes sur toutes choses, de la noblesse de sentiments, de la dignité dans le langage, et cette fermeté pleine de calme simplicité, qui fait pressentir qu'un homme est capable de grandes choses et que les événements trouveraient en lui le cœur d'un héros.

M. de Ménars, avec une discrétion pleine de goût, avait saisi toutes les occasions que les vicissitudes de la conversation lui avaient offertes, pour traduire à Mme de Servas les émotions que tant de charmes réunis dans sa personne, faisaient naître en lui. Mme de Servas avait souri, avec un peu d'incrédulité, aux protestations d'amour éternel, de dévouement absolu que les jeunes hommes devraient montrer pour les femmes qui ont une fois touché leur cœur.

Mme de Servas se sentait de l'attrait pour cette nature généreuse; ce n'était pas un tendre sentiment, mais un mouvement de vif intérêt; aussi devint-elle plus libre de causerie qu'elle ne l'avait été jusqu'alors; sa voix prenait parfois d'affectueuses vibrations, qui traduisaient tout le plaisir qu'elle prenait à la conversation de son jeune cavalier.

Parvenu à la hauteur de l'église de Port, là où la route, disposée en promenade, descend vers la mer, ombragée par une double rangée d'arbres, l'équipage de Mme de Servas croisa un groupe de promeneurs, parmi lesquels se trouvaient le docteur, le gros Brucotey et le lieutenant.

Ces Messieurs saluèrent; la baronne s'inclina, M. de Ménars rendit le salut.

— Voilà un jeune Parisien qui vous rendrait des points, lieutenant, dit le docteur. Arrivé hier soir, il s'est présenté ce matin, et à midi il sortait en calèche avec la belle Mme de Servas.

— Laissez donc, docteur; Mme la baronne aura rencontré ce jeune homme chez quelque parent ou ami lorsqu'il avait douze ans, et il est venu lui apprendre sa réception au baccalauréat.

— Vous n'êtes pas physionomiste, mon bel officier. Dans l'escadron, les uniformes et les moustaches se ressemblent; mais le médecin prend de bonne heure l'habitude de lire sur les traits du visage l'expression des sentiments; et, croyez-moi, ce jeune homme ne déplaît pas à Mme la baronne.

— Euh! euh! euh! ricana le gros Brucotey en se tapotant le ventre d'un air qui semblait entrevoir plus de choses qu'il n'en voulait dire.

Ce rire stupide mit le lieutenant hors de lui :

— Croyez-vous que ce petit jeune homme me préoccupe? Qu'il se promène ou qu'il ne se promène pas avec Mme de Servas, que m'importe! D'ailleurs, si cela me déplaisait, je n'aurais qu'à le lui défendre, et vous le verriez bientôt reprendre son sac de touriste.

— Rien n'est plus dangereux que l'eau qui dort, insinua Brucotey : ce jeune homme est peut-être très-brave.

— Vous parlez vraiment bien comme un homme qui n'a jamais porté que des bonnets de coton!

— Monsieur !

— Si vous ne voyez qu'il n'y a pas sur cette petite face là un seul trait énergique, je ne sais quel bonnet il faut vous décerner.

— Tous les soldats ne sont pas aussi redoutables qu'ils voudraient le paraître ! repartit Brucotey, rouge de colère.

— Mon bon gros monsieur Brucotey, répliqua le lieutenant, ne pouvant s'empêcher de rire de la mine effarée de son furieux contradicteur, si vous aviez dix ans de moins, je pourrais vous instruire sur vos doutes. Mais trouvez-vous ce soir aux dernières lueurs du soleil couchant, dans la falaise, à la goulette de Warry ; le docteur vous accompagnera. et vous apprendrez, messieurs, si cela peut vous être agréable, comment on fait filer doux les jeunes gentilshommes qui font la bouche en cœur aussi agréablement que votre M. Georges de Ménars.

Le lieutenant quitta ses deux compagnons de promenade et revint à l'hôtel.

— Docteur, il faut nous opposer à une rencontre.

— Soyez sans inquiétude, mon cher, tant de tués que de blessés, il n'y aura personne de mort, et le champagne va sauter au souper en l'honneur de la réconciliation.

— Au moment où M. de Ménars entrait dans le couloir conduisant à son appartement, il fut croisé par le lieutenant, qui le heurta brusquement.

Georges s'arrêta, attendant une excuse; le lieutenant se retourna en souriant insolemment de la surprise du jeune homme.

— Avez-vous eu l'intention de m'insulter?

— Prenez-le comme il vous plaira!

— Je ne puis concevoir votre manière d'agir, répondit M. de Ménars du ton le plus calme et avec cette sorte de commisération qu'on aurait pour un homme dont la raison est troublée. Je n'ai en aucune façon, monsieur, provoqué l'impertinence que vous venez de commettre.

— Je n'ai de compte à rendre de ma conduite à personne, et je ne me laisserai pas volontiers traiter d'impertinent, répliqua le lieutenant. Je vous attends à huit heures dans la gorge de Warry. J'aurai des armes, ajouta-t-il à demi-voix en s'approchant de Georges et en lui serrant le bras violemment.

M. de Ménars se dégagea par un mouvement sec et nerveux :

— Vous l'aurez voulu, à ce soir, monsieur!

CHAPITRE X.

LE DUEL.

M. de Ménars arriva le premier au rendez-vous. Le soleil venait de s'abaisser à l'horizon derrière la pointe de la Hague, et le crépuscule succédait aux derniers feux du soleil couchant. Le bruit que fait une chaîne traînée sur des cailloux attira les regards de Georges vers le bas de la falaise, et il aperçut, à quarante pieds au-dessous de lui, le lieutenant qui, après avoir amarré une barque au rivage, gravissait un sentier conduisant au contrefort de Warry.

Les deux jeunes gens échangèrent un salut.

— Vous êtes toujours résolu, dit Georges, à donner suite à cette affaire? Nous nous conduisons comme des écoliers.

— Monsieur, j'ai toujours considéré un duel comme une bonne fortune. Je ne crois pas qu'il y ait au monde un lieu plus propice pour se battre que celui-ci : aspect sauvage, isolement complet, la mer à nos pieds, derrière nous la falaise s'élevant comme une muraille. Dieu me garde de suspecter votre courage! mais dans mon escadron de chasseurs d'Afrique pas un officier n'eût refusé une occasion pareille. D'ailleurs, je suis passionnément épris de Mme de Servas; je vous crois fort dans ses bonnes grâces, et je veux me venger de la froideur de cette belle dame sur mon heureux rival. Nous nous battrons jusqu'à ce que mort s'en suive, et le survivant rendra à l'autre le service de le porter en pleine mer : c'est dans cette intention que j'ai amené cette barque que vous voyez; deux pierres sont préparées avec deux cordes à nœud coulant : si je succombe, vous aurez l'obligeance de m'en mettre une aux pieds, l'autre au cou, et de me déposer dans l'Océan : on ne peut avoir un plus vaste tombeau. Si je vous tue, je vous rendrai moi-même ce service.

Le ton du lieutenant était si dégagé et empreint d'un tel persiflage, que Georges ne douta pas qu'il ne lui eût préparé une mystification, comptant sans doute sur le défaut d'assurance d'un jeune homme qui semblait avoir plus fréquenté les Champs-Élysées que la salle d'armes de Bertrand. Cette pensée décida de la conduite de M. de Ménars.

— Monsieur, répondit-il, je n'aime pas à jouer avec le danger, et je crois qu'un homme doit se proposer un but tout autre que de compromettre sa vie dans des aventures sans honneur pour lui, sans utilité pour personne.

— Alors vous refusez de vous battre ! s'écria le lieutenant avec un accent plein de méprisante ironie, mais qui laissait percer une apparente satisfaction.

— Non, monsieur, continua Georges de Ménars, si je ne recherche pas le péril, je ne le fuis pas lorsqu'il s'offre à moi.

Le lieutenant laissa échapper un mouvement de surprise.

— J'ai pu vous paraître plein d'hésitation, continua M. de Ménars, tant que j'ai conservé l'espoir de vous faire comprendre combien ce duel était absurde et contre toutes les règles; maintenant, que vous m'avez mis l'épée à la main, je suis à vos ordres.

Et ce disant, Georges tomba en garde.

L'événement ne prenait pas la tournure que le lieutenant avait espérée; mais, confiant dans son adresse, il comptait désarmer son adversaire, ou lui faire une légère égratignure qui mettrait fin au combat.

Au moment où le lieutenant tombait lui-même en garde, il aperçut deux têtes qui s'élevaient au-dessus des herbes sauvages dont la pointe d'un mamelon voisin était couronnée. Il reconnut le gros Brucoley et le docteur, fidèles au rendez-vous; ils venaient assister à la mystification.

Cependant les deux fers s'étaient croisés. Le lieutenant sentit au simple tact de son épée, que M. de Ménars avait la main légère et le jeu fin; averti par ces deux qualités, particulières aux tireurs habiles, le lieutenant joua serré. De son côté, M. de Ménars se tint sur la défensive, la garde irréprochable, bien couvert, ne cessant de tenir l'épée de son adversaire et lui barrant constamment les lignes qu'il tentait d'ouvrir. Cette résistance à laquelle le lieutenant ne s'attendait pas, lui fit perdre patience ; il froissa vigoureusement l'épée de son adversaire en tierce espérant déranger sa main, et dégagea en quarte avec la rapidité de l'éclair.

Georges para un contre de tierce sec, serré, nerveux, tellement que la poitrine du lieutenant se trouva un instant découverte; si M. de Ménars se fut fendu, nul doute qu'il n'eût blessé grièvement son adversaire.

— Vous me ménagez ! cria le lieutenant au comble de l'exaspération, et montrant la pointe en tierce, il porta à M. de Ménars un furieux coup de seconde, qui lui froissa la hanche.

Perdant le calme qu'il avait conservé jusqu'alors, celui-ci se détendit comme un ressort d'acier et riposta par un coup de quarte haute, avant que le lieutenant eût eu le temps de reprendre sa garde. L'épée, pénétrant sous le sein droit, ressortit sous l'omoplate gauche. Le jeune officier tomba baigné dans son sang.

CHAPITRE XI.

L'ENSEVELISSEMENT.

En voyant tomber le lieutenant, le gros Brucotey poussa un cri et s'évanouit. Le docteur lui fit respirer un flacon de vinaigre dont il s'était muni à tout événement, et après l'avoir ranimé, il lui conseilla de retourner à l'hôtel, sans parler à qui que ce fût de ce qu'ils venaient de voir.

Tout cela avait été l'affaire d'un instant, et le docteur accourait sur le lieu du duel au moment où Georges, s'empressant auprès de son malheureux adversaire, s'efforçait d'arrêter le sang qui s'échappait, en bouillonnant, de sa blessure.

— Ah docteur, s'écria-t-il! quel déplorable événement!

— Quel coup! murmura le docteur; pauvre jeune homme, je croyais qu'on ne se battait plus sérieusement aujourd'hui : vous vous êtes conduits comme de mon temps, sous l'Empire! Si j'avais pu prévoir que cela serait ainsi, j'aurais empêché cette déplorable rencontre. Pauvre jeune homme! percé de part en part! tenez, aidez-moi... soulevez-le un peu... là... appuyez lui la tête sur votre genoux... bien. Et Georges se prêtant de son mieux à ce pénible office, suivait avec anxiété les mouvements du docteur.

Le lieutenant poussa un long soupir, ses membres se raidirent et sa tête s'appesantissant sur les mains de M. de Ménars, lui parut de plomb.

— Il est mort! dit le docteur. Un frisson parcourut les membres de Georges, une sueur froide inonda son visage; la voix du docteur le tira de l'espèce d'anéantissement dans lequel il était tombé.

— Nagez-vous bien? lui demanda-t-il, assez bien pour franchir un quart de lieue en mer?

M. de Ménars répondit affirmativement.

—Eh bien, faites ce que vous me verrez faire ; puisque ce malheur est devenu irréparable, il faut au moins qu'il reste secret entre nous ; en prononçant ces mots, le docteur souleva l'infortuné lieutenant, passa ses bras sous ses épaules, fit signe à M. de Ménars de le prendre par les jambes, et tous deux, portant leur funèbre fardeau, ils descendirent vers le lieu où le malheureux jeune homme avait amarré la barque.

—Posez-le sur ces deux bancs, là... bien ; maintenant déshabillez-vous, nous reviendrons à la nage ; ce disant, le docteur se dépouillait de ses habits, les roulait et les cachait sous une roche. M. de Ménars en fit autant

La nuit était venue, le vent soufflait avec violence, de gros nuages chargés de pluie et d'orage s'amoncelaient sur la mer.

— Hâtons-nous, dit le docteur en s'élançant dans la barque, le temps paraît menaçant. Georges le suivit, et la barque s'avança vers la haute mer, entraînée par le mouvement vigoureux et rapide que les deux hommes imprimaient aux avirons.

— Nous sommes assez loin ! s'écria le docteur, jugeant, à la faveur d'un éclair, de la distance qui les séparait de la côte. Le tonnerre gronda et remplit de son sourd mugissement l'immensité de l'Océan.

Le docteur, quittant la proue de la barque, s'assura une dernière fois que le lieutenant ne respirait plus, et, soulevant son corps par-dessus le bord de l'embarcation, il le déposa entre deux lames.

— Dieu ait son âme, murmura le docteur.

— Amen, répondit M. de Ménars en sanglotant.

Un nouvel éclair illumina la mer, et une détonation plus formidable que les autres le suivit aussitôt.

— A l'eau et nageons vigoureusement ; l'orage presse la mer, dans un quart d'heure elle sera furieuse.

Les deux hommes s'élancèrent dans les flots. La barque, abandonnée à elle-même, fut entraînée vers l'Est par le courant, sur un banc de roches, où elle se brisa.

Cependant les deux nageurs redoublaient d'efforts ; de temps à autre des vagues écumeuses les soulevaient et semblaient les élever au-dessus du niveau habituel des eaux, comme sur une montagne, pour les laisser retomber dans un creux profond.

— La mer grossit, cria le docteur à son compagnon; nagez de mon côté, vous vous laissez trop aller au flot, qui vous porte à l'Est; vous iriez vous perdre sur les rochers de Marigny... A droite! à droite! et abordez sur ce banc de galet. A peine le docteur achevait-il ces mots, qu'une vague plus furieuse que toutes les autres l'enveloppait, et, le faisant disparaître aux yeux de M. de Ménars, le roulait meurtri et presque inanimé sur le rivage.

Georges, plus heureux, parvint à sortir de l'eau sans accident, et, s'empressant près du docteur, il l'aida à se revêtir; les premières impressions de chaleur le rappelèrent complètement à lui.

Quelques jours après on lisait dans *l'Echo*, journal de l'arrondissement de Bayeux, l'article suivant :

« Un bien déplorable malheur vient de désoler la po-
« pulation de Port-en-Bessin. Un lieutenant de chas-
« seurs d'Afrique, installé à Port pour prendre les

« bains, s'étant aventuré seul, en barque, au-dehors « des jetées, a été surpris par l'orage. La barque, en- « traînée vers l'Est par le courant, s'est brisée sur les « rochers de Marigny. Le corps du jeune officier n'a « pas été retrouvé. »

CHAPITRE XII.

LE CHATEAU DE COMMES.

Les émotions de M. de Ménars avaient été si profondes et si vives durant cette terrible soirée, qu'il fut pris, en se mettant au lit, d'une fièvre violente. Pendant toute la nuit il eut le délire et ne cessa d'avoir devant les yeux le triste spectacle du malheureux officier expirant à ses pieds. Le tableau lugubre que lui offrait le souvenir de la mer en furie, recevant au milieu de l'orage et à la lueur des éclairs le cadavre ensanglanté de l'infortuné jeune homme, ne pouvait s'effacer de son esprit. Le docteur prodigua à M. de Ménars les soins les plus empressés. A part l'habitude un peu exagérée qu'il avait de parler médecine, le docteur possédait d'excellentes qualités; et sous une apparence de légèreté toute particulière, il cachait un cœur d'or, un dévouement aussi absolu qu'éclairé à ses malades. Au bout d'une semaine, le docteur eut la satisfaction de voir le jeune parisien, devenu son ami, entrer en pleine convalescence; cependant il lui ordonnait d'éviter toute émotion violente, toute contention d'esprit. Il avait un instant redouté une congestion cérébrale.

Mme la baronne de Servas s'était fait informer, avec une exacte sollicitude, de la santé de M. de Ménars, et lorsqu'elle apprit les prescriptions du docteur, les recommandations faites à Georges de goûter un repos absolu, elle l'engagea à venir passer avec le docteur le mois d'octobre à Commes, mettant l'aile droite de son château à leur disposition. Vous serez chez vous, écrivait-elle à M. de Ménars, vivant dans une entière liberté; mes gens et mes chevaux seront à vos ordres. Peut-on vous laisser repartir pour Paris dans l'état de santé où vous êtes? Ma belle-sœur, ajoutait-elle, aurait une bien triste opinion de l'hospitalité normande, si son jeune parent malade, si près de moi, restait dans une auberge, loin des siens, livré à toutes les vicissitudes d'une convalescence.

Retenu par la crainte de paraître indiscret, M. de Ménars hésitait à accepter une si attrayante invitation ; mais le docteur, qui entrevoyait de bonnes parties de chasse à faire dans la vallée de Commes et sur les côteaux du Boscq, dissipa ses scrupules.

— Vous connaissez bien mal la baronne, lui disait-il ; nous, la déranger ! mais c'est à peine si nous la verrons ; elle se tiendra dans ses appartements, occupée à peindre, à broder ou à lire, et nous serons, de notre côté, les hommes les plus libres de la terre ; ce sera charmant ! Nos rapports se borneront à quelques visites au salon. Ah ! c'est une femme singulière ! Je vois bien que vous, jeune homme, vous voudriez être admis à faire la cour à Mme de Servas. Pénétrer dans son atelier, faire de la musique avec elle, ce serait pour vous le sublime du beau ; mais, voyez-vous, vous êtes trop jeune et moi je suis trop insignifiant et trop vieux pour que nous puissions lui plaire ; si, depuis son veuvage, Mme de Servas eût consenti à accepter les hommages d'un homme, il aurait fallu qu'il fût un grand artiste, un grand poète, un grand orateur; elle a conscience de la richesse de sa belle organisation, et ce sentiment la protége contre ces faiblesses dont nous parlons si sévèrement, tout en souhaitant le plus souvent d'en être les bénéficiaires.

Le château de Commes était un chef-d'œuvre de goût et de bonne organisation. Cette belle habitation, située au milieu d'un parc dessiné à l'anglaise, se trouvait entourée d'eaux vives; de grandes pelouses, brillantes de ce ton de verdure qu'on trouve surtout en Angleterre et dans le Bessin-Normand, conduisaient l'œil vers des éclaircies d'arbres pratiquées sur la vallée, et ménageaient des points de vue habilement utilisés. L'église du hameau de Commes, construite à mi-côte, la route de Port-en-Bessin à Bayeux, serpentant au milieu de la vallée, la flèche de l'église de Colleville, les bois du Boscq et un peu de la pleine mer, apparaissant au-dessus du village de Port, formaient autant de points de vue divers artistement ménagés.

Dès les premiers jours que M. de Ménars passa au château de Commes, il put se convaincre de la vérité de ce que le docteur lui avait dit des habitudes de Mme de Servas. On avait pour ces messieurs les meilleures attentions : leur table était délicatement servie ; le cocher montait chaque matin prendre leurs ordres et préparait l'américaine ou des chevaux de selle, suivant leur désir ; le garde avait organisé pour le docteur tout un équipage de chasse ; aucune des jouissances qui accompagnent la vie de château ne manquait aux deux hôtes de Mme de Servas.

Cependant, la manière d'être de la baronne vis-à-vis de lui paraissait inexplicable à M. de Ménars. Pourquoi ne recherchait-elle plus une conversation qu'elle avait paru goûter ? Pourquoi ne l'invitait-elle pas à l'accompagner dans les promenades à cheval qu'elle faisait chaque jour ? Pourquoi ne l'engageait-elle pas à faire de la musique avec elle ? M. de Ménars se posait ces questions sans les résoudre ; elles le jetaient dans un grand embarras, en même temps que cette conduite énigmatique augmentait le charme irrésistible qui l'attirait vers Mme de Servas.

CHAPITRE XIII.

DÉPART ET RETOUR.

Un jour que le docteur était allé chasser le lapin au bois de Neuville, ancienne seigneurie dépendant du marquisat de Maisons, M. de Ménars, peu partisan de la chasse, qui lui paraissait être un plaisir aussi laborieux que mêlé d'incertitude, était allé faire une promenade à cheval à la fosse du Soucy. Il revenait lentement, laissant son cheval marcher son pas. La pensée de M. de Ménars roulait sur l'étrange phénomène offert par la nature au lieu qu'il venait de visiter. Dans la fosse du Soucy. gouffre de la forme d'un grand bassin, il avait vu deux rivières, l'Aure et la Drôme, opérer leur jonction et disparaître sous terre. Un meunier, dont le moulin est alimenté par la rivière de la Drôme, lui avait affirmé qu'une partie de cette masse d'eau, après un cours souterrain, renaissait sur le sable à Port-en-Bessin, pour courir se perdre dans la mer, tandis que l'autre partie, après avoir arrosé la fertile vallée d'Aure, se mêlait aux eaux de la Vire, au-dessous d'Isigny, dans la baie des Weys. Georges formait le projet d'aller, à marée basse, visiter les sources alimentées, près de Port, par la fosse du Soucy, bien persuadé que ces jets d'eau, fidèles à la loi du niveau des liquides, devaient, en raison de l'élévation du bassin de la fosse, jaillir à une hauteur remarquable. Ce ressouvenir des lois physiques avait plongé M. de Ménars dans une suite de méditations sur la science des Pouillet et des Foucault, lorsque le bruit d'un cheval, accourant au galop tendu derrière lui, l'invita à se mettre sur ses gardes.

Il était temps. A peine Georges s'était-il raffermi en selle et avait-il rassemblé son cheval, que celui-ci, surexcité par le bruit qu'il entendait, s'enleva au galop, et, réagissant contre son cavalier, exécuta deux ou trois sauts de mouton qui auraient désarçonné un écuyer ordinaire.

Cependant, M. de Ménars, parvenu à un endroit où la route faisait un coude, ne pouvait encore distinguer qui venait ainsi derrière lui; le train du cheval indiquait un galop désordonné. Trois minutes ne s'étaient pas écoulées, que Georges aperçut, avec épouvante, Mme de Servas en costume d'amazone, pâle d'effroi, la tête nue, les cheveux déroulés, emportée à toute vitesse par un cheval fougueux; à quelques mètres derrière elle, son jockey, donnant les signes de la plus profonde terreur, accourait de toutes les forces de son cheval.

— Au pas! John, cria M. de Ménars d'une voix vibrante; et, plongeant les éperons dans les flancs de sa monture, il s'élança à la tête du cheval emporté.

La secousse fut si violente, que les deux chevaux plièrent sur leurs jarrets et roulèrent dans la poussière de la route. Au moment où son cheval s'abattait, Mme de Servas sentit un bras vigoureux s'enrouler autour de sa taille, l'enlacer comme dans une ceinture d'acier et la poser saine et sauve sur ses pieds.

Un humide regard, plein d'admiration et de reconnaissance, remercia Georges de sa courageuse énergie.

Le jockey ramena les chevaux, tandis que Mme de Servas, s'efforçant de se remettre de tant d'émotion, revenait lentement au château, appuyée sur le bras de M. de Ménars.

Elle lui racontait comment son cheval, effrayé à la vue d'une jupe de rayure rouge, tendue sur une haie près d'une maisonnette, s'était emporté, excité encore par le cheval de John, qui galopait à sa suite, et comment elle redoutait d'aller se briser contre la grille du château, lorsque Georges était venu la sauver miraculeusement.

—M. Georges, ajouta Mme de Servas d'une voix émue et qui laissait difficilement deviner si elle adressait une prière ou donnait un ordre, vous repartirez ce soir pour Paris.

La baronne venait de monter les premières marches

du perron; elle se retourna, tendit sa main à M. de Ménars, qui la porta à ses lèvres, en élevant vers elle un regard plein d'amour et de regret. Au milieu de la profonde stupeur que lui causa cet ordre, Georges de Ménars ne vit qu'une chose, c'est que Mme de Servas était, dans cet instant, sublime de beauté et d'expression.

M. de Ménars faisait ses préparatifs de départ lorsque le docteur rentra de sa partie de chasse.

—Avez-vous donc appris un malheur de famille, cher ami ?

Georges raconta au docteur ce qui était arrivé, comment il avait été assez heureux pour sauver Mme de Servas et l'ordre qu'elle lui avait donné.

— Et vous partez ! reprit le docteur avec un accent de sceptique surprise.

— Sans doute je pars, je crains tant de lui déplaire; *elle* m'a fait dire par son valet de chambre que la diligence de Cherbourg, pour Paris, passait à Bayeux à deux heures après minuit.

Enfant! murmura le docteur, elle l'aime.

— Eh bien, mon jeune ami, je vous reconduirai à Bayeux. Voilà mon séjour ici un peu brusquement interrompu ; mais à quelque chose malheur est bon, je vais revenir plutôt que je ne croyais à ma clientèle et à mes livres.

Une heure après, minuit sonnait au carillon de l'église Notre-Dame de Bayeux, lorsqu'une berline s'arrêta à la porte de l'*Hôtel du Luxembourg*, rue des Bouchers ; Georges et le docteur descendirent de la voiture.

— Adieu, mon cher Parisien, dit le docteur en embrassant Georges, adieu, pensez à votre ami, écrivez lui, et croyez qu'il y a à Bayeux un homme qui vous affectionne autant qu'il vous estime.

M. de Ménars, enveloppé dans un large et chaud paletot d'hiver, se promena dans la cour de l'*Hôtel du Luxembourg*, en attendant l'arrivée de la diligence de Paris. La journée s'était écoulée pour lui comme un rêve, son imagination le ramenait sans cesse au souvenir qui lui retraçait Mme de Servas, debout sur le perron de son château, lui disant adieu et lui tendant la main.

Mme de Servas lui avait paru si belle dans ce moment, où sa physionomie semblait trahir une lutte douloureuse soutenue contre elle-même, que Georges ne pouvait effacer cette image de son esprit. Georges aimait Mme de Servas depuis le premier jour où il l'avait vue; l'accident du matin avait grandi sa passion. Elle s'était augmentée de toute la profondeur des émotions éprouvées : le bonheur d'être devenu pour cette femme la main de la Providence avait fait déborder son cœur. Ivre d'amour, courbé sous ce charme, qui énerve la volonté, le pauvre jeune homme avait obéi au désir exprimé par Mme de Servas, sans songer qu'il pût faire autrement. La pensée d'un éloignement insupportable le rappelait à lui-même et faisait germer en son cœur le désir de revenir près de la femme dont la pensée remplissait son âme. Comment reparaître au château, après l'avoir quitté? M. de Ménars était livré à toutes ces hésitations, qui se heurtaient dans sa raison incertaine, lorsque le carillon de la cathédrale sonna une heure et demie. Les chevaux destinés à fournir le relais arrivèrent, conduits par un postillon. Cette vue inspira à M. de Ménars une résolution subite.

— La poste aux chevaux est-elle loin d'ici, demanda-t-il?

— Il faut un quart-d'heure pour y aller, Monsieur, La première rue à droite vous mène à la rue Saint-Malo; vous tournerez à gauche, la poste est à Saint-Jean, vis-à-vis le bureau d'octroi de la route de Caen.

Une demi-heure ne s'était pas écoulée que M. de Ménars repassait devant l'*Hôtel du Luxembourg*, à franc-étrier, suivi d'un postillon.

Parvenu à l'entrée de l'avenue du château de Commes, il mit pied à terre, paya des guides opulentes et congédia l'homme qui devait ramener son cheval à Bayeux.

La lune, glissant à travers les nuages, éclairait le parc d'une lueur incertaine; des émanations brumeuses s'élevaient des gazons et noyaient le pied des arbres dans une mer de vapeurs au-dessus de laquelle apparaissait le feuillage des massifs semblables à des îlots fantastiques.

Le château reposait, au milieu de ce grand calme, dans un profond silence; une seule fenêtre était éclairée. Georges reconnut qu'elle correspondait à l'appartement de Mme de Servas. Il s'avança avec précaution sur le sable fin des allées jusque sous cette fenêtre; elle était entr'ouverte et donnait sur un balcon. Non loin de là, le jardinier avait oublié son échelle; Georges s'en saisit, l'appliqua sur le balcon. Et, qu'elle ne fut pas sa surprise, lorsqu'il aperçut au fond d'une grande galerie qui lui servait d'atelier, Mme de Servas vêtue d'un long peignoir, assise devant un chevalet et travaillant. Un mouvement de côté qu'elle fit pour juger de son œuvre, découvrit la toile, et M. de Ménars reconnut l'ébauche de son portrait.

Avant que Mme de Servas eût eu le temps de s'apercevoir de sa présence, Georges avait traversé la distance qui le séparait d'elle et tombait à ses genoux.

CHAPITRE XIV.

LA LETTRE.

Le jour suivant, une berline de voyage, attelée de quatre chevaux de poste, quittait le château de Commes, emportant Mme de Servas et M. Georges de Ménars vers le midi de la France. Quatre années s'écoulèrent, pendant lesquelles la baronne et Georges parcoururent l'Italie, l'Allemagne, la France et l'Espagne. Le mois d'août les ramenait à Commes, et les premiers signes précurseurs de l'hiver les faisaient s'envoler vers les pays chauds. Quatre années s'écoulèrent ainsi ; années de bonheur pour tous deux. Ils vivaient en dehors du monde, pour eux seuls et par eux ; pas un nuage n'était venu troubler cette félicité de deux âmes, qui semblaient si bien nées pour s'aimer.

Au mois de septembre de l'année 1853, Georges et Mme de Servas étaient revenus, comme les années précédentes, passer six semaines au château de Commes. Un matin, M. de Ménars se disposait à descendre au salon où il rencontrait Mme de Servas avant le déjeûner, lorsque le maître d'hôtel pénétra dans son appartement et lui remit une lettre de la baronne. Cette façon d'agir inaccoutumée excita chez M. de Ménars une vive inquiétude; il brisa le cachet de la lettre et lut ce qui suit :

« Mon Georges,

« Ne m'accuse pas, je suis partie te restant fidèle. Ne t'efforce pas de savoir quelle retraite j'ai choisie, tu ne pourrais la découvrir.

« Je t'aime, et je suis partie parce que tu ne peux plus m'aimer sans péril pour le bonheur de ta vie. Ton existence d'homme va commencer, ami ; ma vie à moi doit finir pour le monde.

« Tu vas avoir trente ans, et tu n'as pas encore pris dans la société la place que tes belles qualités doivent te faire obtenir. Ne me dis pas que tu veux me consacrer ta vie entière; je sais que ton cœur est capable de tous les dévouements; mais, vois-tu, un jour viendrait, et ce jour n'est pas éloigné, où tu trouverais bien mortelle et bien lourde la solitude que nous nous sommes faite.

« Du jour où le regret naîtrait dans ton cœur, ton amie te paraîtrait bien changée; combien ton amour n'aurait-il pas à souffrir! et je ne voudrais pas de cette pitié généreuse, qui conduirait ton amitié à supporter la moitié de mon abandon. Je me reprocherais ton existence brisée, brisée par moi, perdue pour le monde à qui elle peut être utile. Va, mon bel enfant adoré, entre dans la vie, mêle-toi aux hommes.

« Peut-être, vois-tu bien, notre amour, en nous rendant heureux, aura-t-il servi ta destinée. Il a développé en toi des qualités que la vie pratique trop tôt embrassée aurait étouffées; tu apprécies aujourd'hui avec un esprit élevé des choses que tu aurais toujours mal connues, étant resté trop servilement courbé au milieu d'elles. La solitude et la méditation t'ont fait perdre cette mobilité d'esprit si différente de la constance de ton cœur.

« Je l'ai bénie cette mobilité de tes résolutions ; n'est-ce pas à elle que j'ai dû de posséder pendant quatre années l'être le meilleur, le plus sensible et le plus généreux de la terre? Serait-ce à moi de te le rappeler, ami? Tu voulais aller à Cherbourg, et tu t'es arrêté à Commes. Ta carrière commençait; tu l'as interrompue. Le monde veut qu'un homme s'achemine constamment vers son but, et tu reconnaîtras bientôt que sa confiance est pour les natures persistantes.

« Reprends ton voyage, mon Georges bien-aimé, ton amie te suivra les larmes aux yeux, le cœur gros des vœux faits pour ton bonheur et tes succès. La fortune s'offre à toi : une de mes amies, la comtesse de la Nurette, possède pour plusieurs millions de biens aux États-Unis; elle veut réaliser cette richesse et l'asseoir en France. La comtesse désire confier ses intérêts à un homme capable de combinaisons heureuses et rapides. Elle a chargé un négociant du Havre, M. Houel, de lui trouver un mandataire intelligent et fidèle. Va voir ce monsieur; je sais d'avance que tu seras agréé. Pars, mon

Georges, et reviens en France avec une fortune commencée qui te permette de vivre indépendant et de consacrer tes études aux questions utiles à ton pays. Si le ciel m'eût donné un fils, j'aurais voulu qu'il réalisât l'avenir que j'entrevois pour toi.

« Prends confiance, mon cher enfant bien-aimé, dans cette destinée que mes vœux conjurent le ciel de t'accorder. Ne tarde pas à utiliser ta belle intelligence, et fais participer les hommes de tes bonnes et généreuses qualités; et si, de retour en France, tu ne retrouves plus ton amie, la pauvre Louise, dont la vie est maintenant brisée, n'oublie pas, ami, qu'elle aura rendu le dernier soupir en songeant que le sacrifice de sa félicité a pu devenir la cause de ton bonheur. »

A la lecture de cette lettre, Georges sentit un froid inconnu parcourir ses veines et l'envelopper comme d'un linceul de glace.

Il descendit aux écuries, se fit seller un cheval et s'élança dans l'avenue du château. La trace des roues montrait que la voiture avait tourné à gauche sur la route de Port et s'était dirigée vers Bayeux.

A la hauteur du hameau de Sully, près Bayeux, M. de Ménars rencontra le cocher ramenant les chevaux. Il sut de lui que Mme de Servas avait pris la route de Vire. Georges acheta une américaine, prit la poste, et douze lieues plus loin, au relais de Vire, il apprit qu'une voiture, qu'il reconnut être celle de Mme de Servas, était passée deux heures plus tôt, se dirigeant, par la route de Saint-Malo, sur Saint-Sever.

M. de Ménars parvint au bourg de Saint-Sever au commencement de la nuit. Trois quarts d'heures avant lui on avait vu arriver à la poste une berline contenant trois voyageurs : une dame, sa femme de chambre et un valet de pied. Le valet de pied avait acheté deux chevaux qu'il avait attelés sur la berline; et, menant lui-même, il avait fait prendre à la voiture un chemin vicinal de grande communication conduisant à Boisbenâtre, à travers la forêt de Saint-Sever. La poste ne desservait pas cette direction. M. de Ménars fut obligé de se procurer un cheval dont il pût disposer en maître; il se fit céder, moyennant un bon prix, le meilleur *trotteur* du pays, et, le mettant en demeure de justifier l'apologie que les postillons, tout en l'attelant sur l'américaine, faisaient de ses grandes allures, Georges lança ce vigoureux animal à bride abattue dans la direction de la forêt de Saint-Sever.

Il pouvait être onze heures du soir lorsque M. de Ménars se trouva en pleine forêt. Une lueur qu'il vit briller dans les arbres lui fit espérer d'avoir enfin atteint la berline, dont il croyait apercevoir le feu des lanternes. Georges pressa son cheval; mais quelle ne fut pas sa déception lorsqu'il reconnut que cette lumière partait de la cabane d'un bûcheron! Le bonhomme n'avait pas vu passer de voiture de maître depuis que le préfet, en tournée de révision, avait traversé la forêt. Gorges était au désespoir. Que lui restait-il à faire? Errer au hasard dans une forêt inconnue, ou revenir à Saint-Sever. Mme de Servas avait dû quitter le chemin vicinal entre ce bourg et la forêt ; mais quelle direction avait-elle prise ?

M. de Ménars se détermina à passer la nuit dans la chaumière du bûcheron, bien résolu à recommencer ses recherches dès le point du jour. La journée du lendemain ne fut pas plus heureuse ; M. de Ménars ne put avoir de renseignements sur la direction que Mme de Servas avait suivie. Il parcourut les villages pendant près de quinze jours, dans un rayon de plus de dix lieues, fouilla la campagne, interrogea les paysans, et acquit au bout de ce temps la certitude qu'il devait renoncer à tout espoir de découvrir la retraite choisie par Mme de Servas.

Georges, dans ses courses infructueuses, ne cessait de relire la lettre de son amie. Cettre lettre lui retraçait la dernière pensée de celle qui, depuis quatre années, avait été son bonheur et sa vie. Les premières journées furent pour lui horribles à traverser ; puis, insensiblement, Georges s'était laissé pénétrer par les résolutions que Mme de Servas, inspirée par un dévouement surhumain, s'efforçait de faire naître en lui. Lorsque M. de Ménars eut tenté l'impossible et qu'il put mesurer la profondeur de l'isolement dans lequel il allait se trouver, il se demanda :

— Que vais-je devenir ?

Un sentiment d'espoir et de confiance lui dit de suivre la voie tracée par son bon ange.

Dans les premiers jours du mois d'octobre de la même année, le paquebot transatlantique sortait du bassin de la Floride, au Havre, et s'avançait majestueusement dans les eaux de l'avant-port.

La jetée était couverte de monde, de parents et d'amis venant échanger de touchants adieux avec les passagers partant pour le grand voyage des États-Unis. Le paquebot venait de dépasser l'extrémité de la jetée, lorsque M. de Ménars, dont les regards erraient au hasard sur cette foule indifférente pour lui, aperçut, appuyée contre la tour du Phare, une femme vêtue de noir, le visage altéré et d'une pâleur extrême. Leurs yeux se rencontrèrent; cette femme agita son mouchoir en signe d'adieu.

Georges poussa un cri déchirant et courut comme un insensé à la poupe du paquebot; le timonier le saisit à bras-le-corps au moment où, s'élançant sur le bord du navire, il allait se précipiter dans les flots.

Une si rude émotion avait anéanti les forces de M. de Ménars et brisé les ressorts de son âme Il se sentit défaillir sous l'étreinte vigoureuse du marin; l'air manqua à sa poitrine, le désespoir glaça son sang dans ses veines; on l'emporta évanoui.

Aucun des détails de cette scène n'avait échappé à Mme de Servas, qui, tombée dans un abattement profond, plongée dans une contemplation engourdissante, resta les regards fixés vers le paquebot, jusqu'au moment où le navire disparut dans les profondeurs incertaines de l'horizon.

CHAPITRE XV.

LE MARIAGE.

Le vingt-cinq mai de l'année suivante, la petite place qui s'étend devant l'église de Saint-Thomas-d'Aquin, à Paris, était couverte d'équipages. On allait célébrer le mariage religieux de M. Georges de Ménars avec Mlle Blanche de Pierreville.

Un groupe de jeunes gens stationnait au pied des marches de Saint-Thomas, regardant entrer les belles dames en attendant que la cérémonie commençât.

— Ce petit Georges de Ménars a une fameuse chance, disait un gros garçon dont les habits, la tournure, les favoris et la coupe de cheveux inscrivaient sur sa personne cette étiquette : *Je suis du jockey;* le voilà qui épouse une charmante femme, fille unique. quatre cent mille francs de dot... et, de bon compte, qu'est-ce qu'il a fait pour cela?

— Mais, M. de Ménars est un garçon d'avenir, repartit un petit jeune homme au teint jaune et amaigri par l'étude.

— Vous êtes charmants avec ce mot-là, vous autres savants! un homme d'avenir! Qu'est-ce qui n'a pas d'avenir? Mon groom a de l'avenir; s'il ne se casse pas le cou dans un steeple-chase, il pourra devenir piqueur des écuries de la couronne.

— On ne peut causer sérieusement avec vous, mon cher : M. de Ménars a de l'avenir parce qu'il ne manque pas de talent, qu'il est instruit et qu'il sait étudier; le voilà maître d'une belle fortune. tout cela constitue de bons éléments; joignez-y des qualités natives et l'estime de gens considérables.

C'est parfait; mais je vous avoue que je n'entrevois pas de quelle couleur sera son génie.

—Qu'est-il en définitive? homme de lettres? jurisconsulte? économiste? grand administrateur? quoi enfin

— M. de Ménars n'est pas un homme arrivé, répondit le jeune savant d'un air dogmatique; mais il a tous les éléments des qualités que vous venez de dire. La grande opération qu'il a heureusement terminée aux États-Unis, tout en lui valant une rémunération considérable, lui a acquis, dans le monde des affaires de Paris, une solide réputation de capacité, et au premier jour vous le verrez faire partie du conseil d'administration d'une de nos entreprises renommées dans l'industrie. Je l'ai entendu le mois dernier, à la Conférence Molé, discuter un projet de loi d'une façon qui annonçait un esprit judicieux et une parole exercée. Enfin, M. de Ménars est porté pour les élections prochaines au conseil général de la Côte-d'Or, département où son mariage lui donne un beau domaine. Je crois, Messieurs, dit en terminant le jeune savant, avec un sourire où se peignait son peu d'estime pour les jeunes hommes groupés autour de lui, je crois que ce sont-là de bons éléments que nous ne possédons pas encore, — cette restriction était faite à son intention, — et que nous n'aurons peut-être jamais, ajouta-t-il en pensant aux autres.

Les tintements de la cloche du maître-autel annoncèrent le commencement de la cérémonie.

Les jeunes gens entrèrent dans l'église; ils parvinrent avec peine à pénétrer dans les bas côtés jusqu'à la hauteur de l'autel, tant il y avait de monde; ils désiraient apercevoir la mariée : ce sentiment de curiosité les pressait beaucoup plus que le désir de prier pour le bonheur d'un homme, dont ils se sentaient instinctivement jaloux.

Les deux époux, debout devant le prêtre, se tenant par la main, écoutaient dans un religieux recueillement les exhortations que l'Église leur donnait, par la voix de son ministre, avec ce magnifique langage qu'elle tient aux hommes dans les plus grandes circonstances de la vie.

Sur la calme et noble figure de M. de Ménars se reflétait toute la solennité du serment qu'il prêtait devant Dieu; sa jeune épouse, dont les regards rayonnaient d'une douce joie, semblait dire : A quoi bon un serment ; peut-on ne pas l'aimer toujours ?

— Elle est ravissante ! dit, avec un geste peu contenu, le membre du Jockey.

— Mon cher, vous n'êtes pas au pesage ici; on se tient plus décemment dans une église.

— Sont-ils hypocrites ces gens de science ! répliqua le gros garçon, tout en reconnaissant la convenance de l'observation qui lui était faite.

Après la bénédiction nuptiale, la foule des parents et amis fut, comme c'est l'usage, complimenter les jeunes époux dans la sacristie.

— Voyez-vous l'ex-négociant Brucotey, avec son gilet à ramages? fit remarquer le sportsman ; il connaît donc de Ménars ; savez-vous quel est ce Monsieur en noir et à cravate blanche qui l'accompagne? il a une belle tête cet homme-là !

— Ce Monsieur est un docteur d'une petite ville du Calvados, un médecin de Bayeux, répondit le jeune savant.. Il a envoyé dans ces dernier temps, à l'Académie de médecine, un travail remarquable.

Les mariés traversèrent en ce moment l'église pour se rendre à leur voiture. Sur leur passage s'elevaient des murmures favorables : Quel charmant cavalier ! pensaient les femmes ; c'est une ravissante personne ! disaient les hommes.

CHAPITRE XVI.

LES ADIEUX.

Cinq mois s'étaient à peine écoulés depuis le mariage de M. de Ménars, que, par une soirée d'octobre, le valet de chambre de Mme de Servas introduisait par la grille du parc, conduisant à l'église de Commes, un prêtre portant le saint viatique.

Le ministre de la religion, le domestique et le bedeau, qui les précédait, s'avancèrent silencieusement sous les sombres allées du parc, jusqu'au château. Le prêtre fut conduit à l'appartement de Mme de Servas et resta seul avec elle.

La baronne, étendue sur une longue causeuse, semblait avoir vieilli de vingt ans; les reflets incertains une lampe veilleuse ne permettaient pas de reconnaître sur ses traits les profonds ravages produits par la douleur; mais son attitude affaissée révélait combien la souffrance avait brisé son être.

Mme de Servas s'entretint un instant avec le prêtre.

— Et depuis... vous n'avez jamais tenté de le revoir.

La baronne fit signe que non; deux larmes brûlantes roulèrent sur ses joues amaigries.

— Dieu vous a permis, ma fille, de remporter là une grande victoire sur vous-même; il n'accorde de telles faveurs qu'aux grandes âmes, à ses élus, et, en vous faisant cette grâce, il vous a manifesté toute l'étendue de sa miséricorde. Ayez foi, ma fille!

La mourante leva au ciel un regard plein d'une ineffable expression d'espérance; les émotions qui venaient de se réveiller en elle, à la voix du prêtre, épuisèrent les forces dernières de Mme de Servas; elle joignit les mains, sa tête appesantie s'affaissa sur sa poitrine, elle rendit le dernier soupir.

En traversant l'antichambre, le prêtre surprit sur la

physionomie des domestiques, réunis près de l'appartement de leur maîtresse, une expression de surprise et d'incrédulité.

— A genoux! dit-il d'une voix solennelle; tenez-vous dans le respect et la douleur, madame la baronne est allée rejoindre aux cieux les âmes religieuses et saintes.

Le prêtre descendit au salon; il y trouva le docteur

— Tout est fini, lui dit-il. Avez-vous écrit à Paris?

— J'attends M. de Ménars dans la nuit.

Au pied d'une tombe dont la terre était fraîchement remuée, un homme priait; sa prière achevée, il se leve, et, dominant la vallée qui s'étendait au bas du cimetière, il éleva la main vers le château de Commes, dont les toits brillaient à travers la cîme des arbres dépouillés de feuilles.

« Lieux si chers, s'écria-t-il, adieu! Près de vous j'ai goûté le bonheur, près de vous s'est dénoué le lien de ma vie. O vous qui avez protégé de votre calme et de votre silence la plus noble et la plus généreuse des femmes, soyez à jamais bénis dans mon souvenir ! Et vous, Louise, dont la mémoire planera à jamais sur mon existence par vous faite heureuse et grande, contemplez votre œuvre du haut des cieux devenus votre demeure, et puisssé-je, me montrant fidèle à votre pensée, réaliser les vœux que vous formiez pour moi. »

Une main se posa sur l'épaule du jeune homme et le fit tressaillir; il se retourna et reconnut le docteur.

— Ami, l'heure du départ est venue ; aux morts nos constants regrets et le souvenir de notre reconnaissance; pour les vivants notre amour actif et notre utile prévoyance ; vous êtes devenu chef de famille, on vous attend à Paris; partons, Georges, partons.

M. de Ménars s'inclina une dernière fois sur la tombe, et, les yeux pleins de larmes, appuyé sur le bras de l'excellent docteur, ils se dirigèrent ensemble vers l'église de Commes, près delà une voiture attendait.

— Ne m'accompagnez-vous pas jusqu'à Bayeux, docteur ?

— Je ne le puis, à mon grand regret ; j'ai des malades à voir au hameau du Bouffé.

— Comment pourrai-je jamais reconnaître vos soins et tout ce dévouement pour moi, dit M. de Ménars en pressant les mains de son ami.

— Quand vous serez ministre, répondit le docteur, avec une bonhomie charmante, votre protection me fera nommer médecin de l'Hôtel-Dieu de Bayeux.

M. de Ménars partit pour Paris, où l'appelait sa brillante destinée, tandis que le docteur, plein de pensées, animé par ce merveilleux amour de l'humanité qui soutient le médecin dans l'exercice austère de sa profession, gravissait lentement le sentier menant à la chaumière de ses malades.

FIN.

Impr. de LÉAUTEY, rue Saint-Guillaume, 23.

TABLE.

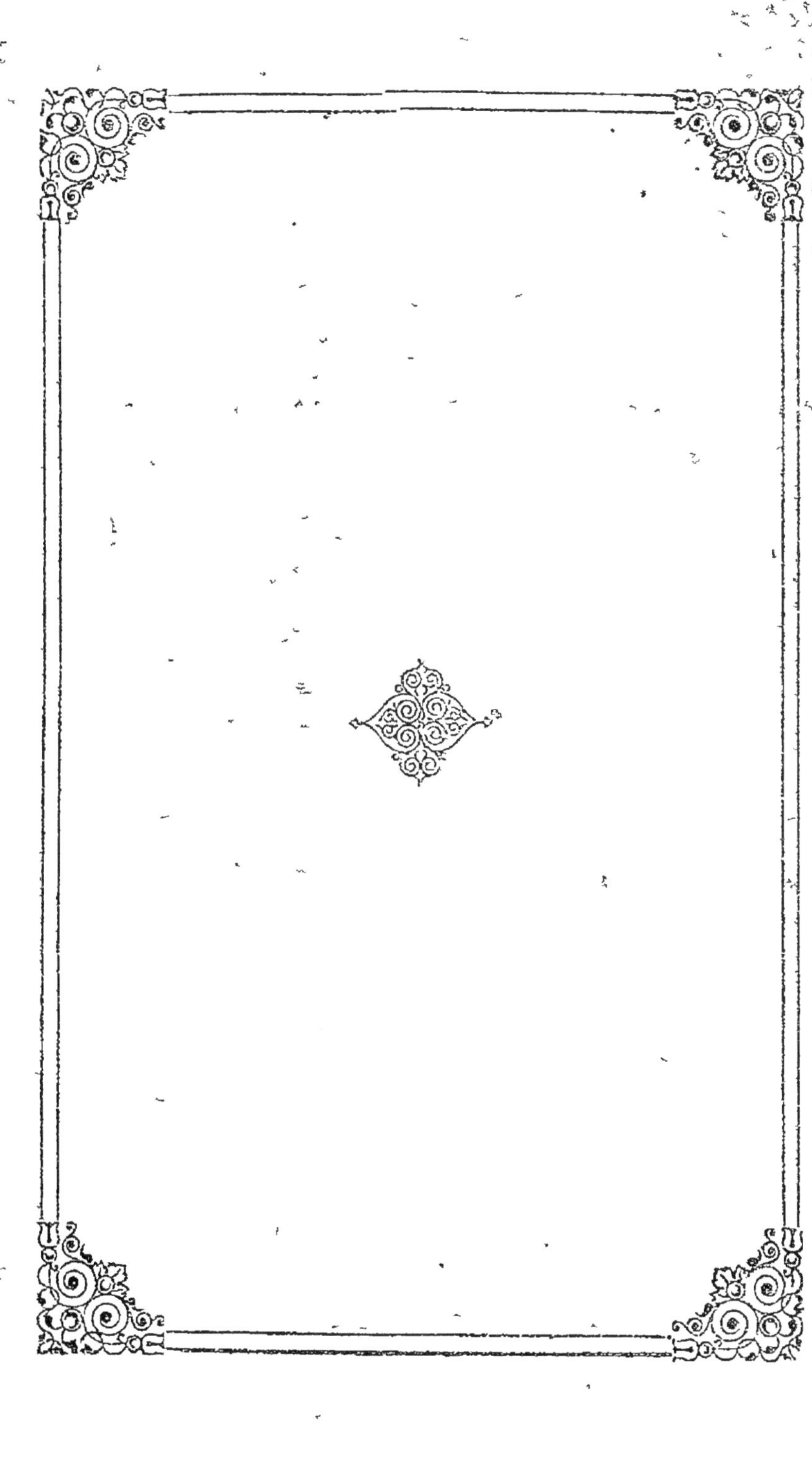

www.ingramcontent.com/pod-product-compliance
Ingram Content Group UK Ltd.
Pitfield, Milton Keynes, MK11 3LW, UK
UKHW020235220726
13923UKWH00002B/671